DAWN OF
OSIRIS

奥西里斯的黎明

朱博约 | 著

新华出版社

图书在版编目（CIP）数据

奥西里斯的黎明 / 朱博约著. —北京：新华出版社，2019.7

ISBN 978-7-5166-4804-9

Ⅰ.①奥… Ⅱ.①朱… Ⅲ.①诗词—作品集—中国—当代 ②散文集—中国—当代 Ⅳ.①I217.2

中国版本图书馆CIP数据核字（2019）第167176号

奥西里斯的黎明

作　　者：朱博约

责任编辑：蒋小云　　　　　　　封面设计：中尚图

出版发行：新华出版社
地　　址：北京石景山区京原路8号　邮编：100040
网　　址：http://www.xinhuapub.com
经　　销：新华书店
购书热线：010-63077122　　中国新闻书店购书热线：010-63072012

照　　排：中尚图
印　　刷：河北盛世彩捷印刷有限公司
成品尺寸：215mm×140mm
印　　张：6.25　　　　　　字　　数：100千字
版　　次：2019年7月第一版　印　　次：2019年7月第一次印刷

书　　号：ISBN 978-7-5166-4804-9
定　　价：58.00元

▲ 博约近照（2019年3月）

▼ 博约于音乐独钟于古琴（2019年）

▶ 博约钟情于运动，如球类、游泳等（2016年）

◀ 博约有四年的英式马术训练（2011年）

▲ 博约游览牛津大学三一学院（2016年）

寄　语

　　书分五辑，含散文诗5首、诗词28首、辞赋5篇、散文18篇、文论5篇。薄薄一册，皆博约近年课余完成。所写之事，或游览名山大川古迹，或沉湎史籍经集志怪，多是基于亲历真情的感发。虽为练笔，也是注入情思反复推敲、如切如磋，如琢如磨。文笔虽待锤炼，却也难得的诚挚感人富有才气和诗韵。不拘法度，无视章法，或突发奇想，或异想天开。但其文脉似能在文学传统中找到千丝万缕的应和。这与博约自幼扎实的古今中外经典阅读及写作训练有关。

　　视其为足下之行而志在千里的一次试跑，倒也初具气象。毕竟作为17岁少年的试剑之作展示出对中华传统文化的热爱和执着，尤其他对流传数千年但今人多已不作的文学体裁如诗词赋的大胆尝试，值得包容和鼓励。观其作品所呈现的种种生命美好和青春不羁，如同一块未经修饰的、凝固岁月精华的琥珀，通过古老而年轻的汉语展示剔透中的律动、华美中的韵响，必然激励他未来顽强的成长和远天扶摇的振翮。

　　著名文学评论家、中国当代文学研究会会长白烨先生慨然为书作序以资鼓励；著名诗人、《诗刊》社主编李少君先生，著名诗歌评论家、南开大学文学院副院长罗振亚先生，百忙中写下包含热情的荐语作为对后进新秀提携；袁征老先生不辞辛苦为诗词辞赋及散文诗做了深度评论和释读。在此特别地诚致谢意。

朱 宁

2019年6月28日

抱剑养浩书庐

奥西里斯的黎明

序

后生可畏　博约可期

白 烨

（著名文学评论家，中国当代文学研究会会长）

　　一开始，我对这部诗文集并没有太在意。这既在于我对诗文合集一向不大感冒，又在于没有把一个"00后"的写作太当一回事。但当我抽空阅读了这本《奥西里斯的黎明》之后，却被惊着了。这部看上去略显单薄的小集子，分"散文诗""散文""诗词""辞赋""论文"，收入了博约的阅读与写作的成果，涉猎之广博，文体之多样，真令人瞠目结舌。

　　梳理阅读的种种感受，有三点特别突出的印象，这里略做叙说。

一、广博的知识摄取

博约的文学阅读，涉猎的知识领域十分广博。这里有西方四大史诗，莎士比亚四大悲剧，中国古典四大名著，中国古代诗词歌赋等方方面面。按现在的学科分类，它们分别属于外国文学和中国文学；进而细分，又分别属于外国古典文学，外国戏剧文学，中国古代文学。而中国古代文学还可再分为中国古代小说，中国古典诗词等。以现在的大学文科的课程设置来看，这需要就读中文系和外文系两个系科，才能有较为系统的接触和较为深入的学习。而还在上高中二年级的博约，能有如此广泛的阅读范围和丰博的知识摄取，这的确令人十分惊异。

我相信，时间对于任何人都是平均的和公平的，还在上高二的博约，时间一定不会比别的学生更多。他在并不充裕的课外时间里，阅读了这么多的中外文学经典作品，而且感觉良好，感受颇多，这不说绝无仅有，也一定是凤毛麟角。

我联想到2016年广西师大出版社所作的"死活读不下去的书"的阅读调查一事。这个调查的结果是，"死活读不下去的书"的排行榜的前十名，都是清一色的中外文学名著。排名第一的是曹雪芹的《红楼梦》，排名第二是马尔克斯的《百年孤独》，以下还有《三国演义》《追忆逝水年华》《瓦尔登湖》等都名列前茅。我把这看成是阅读"俗化"的一个例证，曾在一些文章中指出：由于阅读方式的电子化，阅读群体的年轻化，经典不再受到敬重，阅读明显下滑。

"死活读不下去的书"的网上调查，博约的个人阅读，都并存于当下的文学生活，确实让人有一种亦忧亦喜的感觉。"00后"博约的阅读行为，至少表明当下青少年的文学阅读，在趋于"俗化"的走向中，也还有"雅化"的需要与追求。因而，让人在不无失望中看到了些许希望。

二、真挚的古典情趣

博约的阅读在广博的涉猎中，都不断显示出一个重心来，即无论是西方四大史诗，中国四大名著，乃至于诗词歌赋，都指向着中外古典文学，显示出他对于中外古代经典文学作品的格外关注。

兴趣是人做一切事情的原动力。博约显然是对中外古代文化与文学有着特别浓厚的兴趣，因而他阅读不懈，乐此不疲。这种对古典文化与文学情有独钟的阅读兴味，仅仅从好奇心的驱使去理解，恐怕远远不够，还需进而探究这种兴趣更为深层的原因。

博约以散文诗的方式重写古埃及神话中的冥王奥西里斯，以散文的方式记述踏访北齐皇帝高欢之墓，以诗词方式表达探访贾谊故居、古蜀遗踪的感受，都可以说是"发思古之幽情"。怀念往昔，思念远古，虽然人皆有之，但更多地体现于那些人生阅历丰富、文化修养深厚的人们。这种情怀，会使人在回顾先祖生活轨迹，体味他们的喜怒哀乐中，进入一种超越现实的历史回望，乃至徜徉于"穿越"年代的历史想象，获取一种精神的特别愉悦，审美的异样感受。

从这个意义上说，古典文化与文学给博约提供了一个特别的对象，一种特殊的管道，而他的接近它们，走进它们，正与内心潜藏的"思古"情愫发生碰撞，产生对话的欲望，释发想象的能量。

博约的"思古"文化兴趣与文学情趣，显然超越了他的这个年龄，显现出一种明显的"早熟"。同时也表明了他的特质所在，那就是在追求知识拓展的过程中，他更在意的，是思想领域与精神层面的追求。

三、独到的阅读体悟

博约的诗文写作，在涉猎广泛，执着"思古"的同时，还总能就所阅读的经典作品，所阅见的古代遗存，从自己的角度去体察其中的妙韵，用自己的语言去表达自己的感受。而这，因为更有难度，所以更为可贵。

比如，他的《奥西里斯的黎明》，所吟咏的对象奥西里斯，是古埃及神话中已有稳定内涵和确定形象的冥界之神，但他在"透过时间之眼""与蛇的对决"和"生的赞歌"的三个部分的叙述中，运用原型故事和典型情节表现了奥西里斯为光明再生的斗争过程和献身精神，同时也借景生情，借物抒怀，在诗性的文字里寄寓了自己对于光明的向往，对于自由的畅想，尤其是"生的赞歌"部分。

"辑三：诗词"和"辑四：辞赋"两个部分，均为作者感悟名胜古迹，抒怀"思古"幽情的作品。这里的一些韵体作品，充分表现了作者古代文化的储备与古典文学的造诣，这种储备与造诣既体现于对诗体语言的很好把握与运用，更表现于以恰当的用典来营构特殊的意境，表达独有的意趣，虽然个别作品读来略有堆砌的感觉，但说实话，这确实也需要丰盈的知识与一定的功力。

几辑作品中，我个人更加喜欢"辑二：散文"这一部分。散文的文体自然而随意，所表达的感受也真切而感人。《倾听幽兰》由学弹古琴的经历，讲述了一位师姐"用心弹奏"所给予的启迪；由此懂得了弹奏的妙韵，更享受到了弹奏的乐趣。《爱在伞中》由妈妈因雨中送自己送伞而罹患风寒一事，讲述了母爱的寓伟大与平凡，从而深悟了"爱是具体的"，"爱就在伞中"。《"坚持"是盏明灯》由11岁时畏忌游泳到学会游泳，虽未在比赛中取得名次，但却坚持到终点，战胜了自己，诠释了"坚持"在人生中的意义所在。这些作品所表现的，多是生活中的细枝末节，或包含了某种情愫，或寓含了某种哲理，显示出作者感觉的敏锐、情趣的丰沛、思想的阳光、精神的向上。这样"有我"的作品，应该是这部诗文集的亮点所在。

博约还处于以学习生活为主的过程中，他今后会从事什么工作，完全还是未知数。但可以肯定的是，他的文学阅读、文学写作，一定会给他在学习上提供助力，在成长上添加动力，使他的人生更加丰富多彩和健康向上。从这个意义上说，他的这部诗文集，或可视为他在学生阶段勤勉阅读的一个忠实记录，以及开始文学涉猎并取得不菲成果的一个闪亮路标。

2019年4月于北京朝内

目录

寄 语

序：后生可畏　博约可期

辑一

散文诗

看　黑暗正烙着一条灵魂的银河

　　——编者导读之一《奥西里斯的黎明》　　／ 3

奥西里斯的黎明　　／ 9

阿瓦隆哀歌　　／ 16

终极之箭　　／ 19

完美合奏　　／ 21

远　树　　／ 24

辑二

诗词

少年意气强不羁

　　——编者导读之二博约诗词　　／ 27

赤水　　／ 34

黄山　　／ 35

访八道湾鲁迅故居 / 36

天山晚秋 / 37

岁末抚琴 / 38

游贵州 / 39

丁酉五月寻古蜀遗踪 / 40

读夏完淳《大哀赋》即兴 / 41

管仲墓二绝句 / 42

丁酉六月过长沙贾谊故宅 / 43

禹王宫 / 45

悼祖父 / 46

十月十九日梦访鲁迅故居 / 47

丙申夏读《诗经·六月》 / 49

乙未七月谒天水姜维墓 / 50

玉泉观 / 51

书怀 / 52

过飞将军李广墓 / 53

古蜀遗踪 / 54

满江红·乙未九月抚古琴《潇湘水云》 / 55

御街行·听吴文光先生《秋鸿》有感 / 56

辑三
辞赋

龙虎气　郁峥嵘
——编者导读之三博约辞赋 / 59

登邺城赋 / 66

吊司马太史公赋 / 69

古埃及赋 / 71

奥西里斯的黎明

2

后大哀赋   / 73

熌火残生铭（并序）   / 76

辑四

散 文

大雅余音   / 83

历史的孤月

 ——探访一代枭雄、北齐开国皇帝高欢陵墓 / 86

海螺声声   / 89

倾听幽兰   / 92

蓑羽鹤的见证   / 96

温暖之旅   / 99

爷爷的兰花   / 102

曲心如月

 ——《广陵散》曲风之流变 / 105

过故乡   / 108

"坚持"是盏明灯   / 111

爱在伞中   / 114

西沙的神奇一周   / 116

那一刻，我很愤怒   / 119

为鸟三日   / 121

老人   / 124

暴风雨之央   / 126

影

 ——访鲁迅故居 / 128

拒绝清零   / 131

辑五

论文

试论史诗《吉尔伽美什》的生命哲学意蕴　　/ 137

浅论史诗《吉尔伽美什》的生态政治学　　/ 147

史诗《吉尔伽美什》的人本英雄观　　/ 157

诗，远方以及大地：《南开诗学》引发的思考 / 164

解开唐诗形成的密钥：

由《南北朝贵族文学研究》一书所想的　　/ 168

附录1　博约2019年发表作品目录　　/ 173

附录2　博约阅读写作及学习纪略　　/ 179

附录3　爸妈致泰山之巅博约的信　　/ 181

奥西里斯的黎明

辑一 散文诗

看　黑暗正烙着一条灵魂的银河

——编者导读之一《奥西里斯的黎明》

袁　征

　　《奥西里斯的黎明》是基于古埃及神话的一次灵感迸发。从象征主义以降的现代派诗歌，从兰波、马拉美、里尔克、瓦雷里、艾略特、叶芝，甚至是曼彻施塔姆、埃里蒂斯、帕斯，等等，都善于从神话传说中汲取灵感和营养，这是因为神话本身就是民族史诗的一部分，承载着人类的智性和灵性记忆，至少其中积淀的神话原型或母题，终在一波又一波的文学运动中被重新打捞。

　　《奥西里斯的黎明》正是作者兴趣所在的古埃及神话的一种折射。作者有从初中起将不少的时间投入到古埃及象形文字自学的经历，捎带着很早就阅读了《古埃及亡灵书》，甚至泛阅过像《古代埃及的王权演变与丧葬习俗》《古埃及象形文字文献译注》（上中下）这样的学术著作，虽然所学仅仅入门，但是这一浸入几年的研究热情却使他对古埃及神话体系有了一定的了解。由于在此之前阅读过《吉尔伽美什》《奥德赛》《伊利亚特》《神曲》这样的古典史诗并对苏美尔、古希

辑一　散文诗

3

腊、古罗马神话体系有较完整的涉猎，其后的古埃及神话体系也就有了多种客观的比较和参照。

奥西里斯（Osiris）乃是古埃及神话中的冥王，是植物、农业和丰饶之神，赫里奥波里斯-九柱神之一。也是著名的荷鲁斯的父亲。最早提到奥西里斯的资料是金字塔铭文，而其最早的神像出自第五王朝末：他带着神的假发，双脚紧紧并拢在一起。[1] 在刻于第18王朝的阿蒙摩斯墓碑上的《奥西里斯赞歌》和保存在拉美西斯五世时期的莎草纸上的《荷鲁斯与塞特的故事》对他的复活故事有较为详细的记载[2]。

奥西里斯生前是一个开明的法老，惨遭嫉妒自己的弟弟沙漠之神塞特用计害死，后被阿努比斯做成木乃伊复活。之后成为冥界的主宰和死亡判官。虽然是冥界之王，但这与古希腊神话或中国神话中的冥王完全不同，他并不是魔鬼或黑暗之神，相反他象征着埃及人所相信的死后可以永世荣耀的希望。作为复活之神，奥西里斯是文明的赐予者，同时还执行人死后是否可得到永生的审判。奥西里斯这种"死人能够通过与其合二为一而得到复活"的功能，使奥西里斯在现实生活中有其特殊的价值。因此在古埃及壁画中，若脸上涂有绿色的颜料，则表示在复活中或已经复活，它的崇拜仪式起源于埃及的阿拜多斯，那里有许多它的神庙，它变得广受欢迎是在中王朝之后。

了解奥西里斯的故事，有关他再生的主题意义也就自然呈现了。这首长篇散文诗较为清晰地形成三个部分。

第一部分"透过时间之眼"。很显然是奥西里斯被发现

的现实情境，这其中显而易见有吊古伤今之意，有几组意象是带有典型的地域文化特征的，如"圣甲虫""帝王谷""象形文""鹰头神像"等等，但是真正具有象征意义的意象则是"王座""巨眼"。如，"包浆的变形线条缭绕奥西里斯的神碑：乍现于时间之始的乌金王座，只见空明的大蛇盘桓于云中。……发皱的、苍老的鹰头，深邃的幽蓝巨眼盯着东方。空洞苍黑的眼眶，在风沙潜入的夜光下，似有目光扑朔——讳莫如深的生命之眼啊。"

在金字塔铭文中，这位对古埃及文化影响深远的奥西里斯的名字是由表示"王座"和"眼睛"的神秘莫测、难以解释的象形符号组成（这个王座和眼睛组成的符号有很多说法，比如，有学者将它解释为"创造之地""眼睛之座"，也有将眼睛视为"太阳"，而将此解释为"太阳所在之地"的。）[3]，只要知道这一点就明白这两个符号所形成的"时间之眼""乌金的王座"意象中模糊的隐有所指性意思。当然，这种模糊和歧义性以及由此带出的诗性，也就进入了神学与诗学交叠的想象联翩的视域。

第二部分"与蛇的对决"。在古埃及神话中有一段著名的故事，是有关太阳神拉与蛇神的斗争，拉（Ra）是古埃及神话中的太阳神，被视为正午的太阳，也是赫里奥波里斯-九柱神之首。从埃及第五王朝（公元前2494年—公元前2345年）开始，成为古埃及神话中最重要的神。据说，拉神每天乘船经过西方地平线之下渡河欲东出第二天再升到天空之时，地狱里黑暗邪恶的大蛇阿佩普（Apop）作为太阳神拉最强大的敌人，总会心怀叵测企图击沉太阳船、吞没太阳神拉，然而太阳神每次都会将阿佩普击下太阳船并将其杀死。胜出的太阳神拉驾船通过地狱升起于尼罗河东岸。[4]在此诗中作者创造性地将"这太阳神所爱"的奥西里斯和拉神合二为一了：

"只那一瞬，太阳神的灵魂灌注于奥西里斯之躯，开始与混沌之神、那大蛇、那一生之敌做最后的了断。"

在古埃及神话中，二神合一是常有的事，比如拉神与拉蒙的合体——从埃及第五王朝底比斯成为全埃及都城后，底比斯最高神阿蒙神地位提升，于是拉与阿蒙神融合为"阿蒙·拉（Amun-Ra）"；在后来的埃及王朝时期，拉还与荷鲁斯神合并，成为"拉·哈拉胡提"（Ra-Horakhty，意指"拉是二个地平线上的荷鲁斯"）。据信他统治着天空、大地和冥界，与鹰或隼有关。对传说的神话的改动和创造也是有的，如，古希腊悲剧大家埃斯库罗斯《被缚的普罗米修斯》和索福克勒斯《埃阿斯》等。

于是奥西里斯为光明的再生与蛇神的斗争，就成为万灵觉醒的开始。

第三部分"生之赞歌"。这一回到现实情境的沉思，是由仿佛来自《亡灵书》的赞歌所终结，这赞歌是关于再生的，当然是关于人而非神的赞歌。古埃及人认为他们的人生就是为复活和来世做准备，因为来世才是永恒的。[5]"黑暗正烙着一条灵魂的银河"（托马斯·特朗斯特罗默诗句）。正是在那亘古黑夜般的蒙昧中，奥西里斯灵魂的复活和永生成为所有埃及人普遍的向往和追求。

重生吧奥西里斯

愿新的世界阳光照映

重生吧不灭的生命之眼

愿新的苍天恩佑

众神离去　人类重现

消失的是众神的黄昏，而迎来的则是人类的黎明。奥西里斯转为冥神，他所判定的再生，是人类的再生。

由虫到兽　由鸟到人，

奥西里斯　请再次重生

稍稍知道古埃及的再生神话，就知道这种重生，是万灵相通的，无论是人还是神的再生，既可以是虫也可以是兽。因此，众神的消失以及人类黎明的出现也就自然地符合神话逻辑也符合历史的逻辑了。从人文主义运动以来的人类文明的进步，不正是源于对人的价值的肯定吗？由此而来的一次次文学流派和运动的更迭，不正是源于对人性的挖掘和人的内在价值的关注吗？

海德格尔说："存在于思想中达乎语言。语言是存在的家。人居住在语言的寓所中。"[6] 因此除了作为此诗内在价值的思想表现之外，终究要回到诗歌的"家"——语言。此诗尤为值得注意的是其超现实主义的表现形式，以及大量隐喻运用所营造的语言的扑朔迷离的意象迷宫，如，"轰天巨响如群蛇一般立于帝王谷之巅"；"残缺之角犹见黑白交织的昼夜间隙"；

"亡灵痛哭，枯裂的残容透迤着幽光的铅泪"；"暗金的冥海向
八方急涌，虚妄的尽头出现光的盛宴"，等，此类高密度意象
和拟人交织的诗句比比皆是。作者还使用主题再现技巧，如，
"这太阳神所爱，为我所独钟"，起到强化主题及一唱三叹的
艺术效果。其外在形式的韵律节奏也有许多值得首肯之处。
漫放不羁的散文诗体语言之下凝练而富有内在节奏的诗句，
增加了其语言张力和丰富性、变化性，呈现出一种不易捕捉
的不确定性并因此形成读者的美感期待。

参考文献

［1］刘金虎，郭丹彤.论古代埃及《金字塔铭文》中的早期托
特神崇拜［J］.史学集刊，2016（02）：100-108.

［2］李模.论古代埃及的奥西里斯崇拜［J］.贵州社会科学，
2013（02）：85-88.

［3］袁珍.金字塔铭文中的奥西里斯神话［D］.复旦大学，
2012.

［4］王玉鑫.简论古代埃及的塞特崇拜［J］.学理论，2016
（12）：148-149.

［5］赵克仁.古埃及亡灵崇拜的原因及其文化蕴涵［J］.西亚
非洲，2012（05）：89-105

［6］马丁·海德格尔.林中路［M］.孙周兴译.上海：上海译文
出版社，2004.

奥西里斯的黎明①

你金黄的躯体　碧绿的头　双臂青绿

哦，无穷之柱　宽阔的胸怀　和蔼的面容

生活在这片圣土上

愿你给天空以能量　给大地以力量

愿你令人间不再有欺骗

——《古埃及亡灵书·献给奥西里斯的赞歌》②

（一）透过时间之眼

……

① 载《长江丛刊》2019年2月下。
② 奥西里斯（Osiris）是古埃及神话中的冥王，是植物、农业和丰饶
之神，赫里奥波里斯-九柱神之一。也是著名的荷鲁斯的父亲。奥西
里斯生前是一个开明的法老，惨遭嫉妒自己的弟弟沙漠之神塞特用
计害死，幸被阿努比斯做成木乃伊复活。之后成为冥界的主宰和死
亡判官。他象征着埃及人所相信的死后可以永世荣耀的希望。作为
冥界之王，奥西里斯是文明的赐予者，同时还执行人死后是否可得
到永生的审判。

身披金袍的鹰头神像訇然仆地

轰天巨响如群蛇一般立于帝王谷之巅

鼎沸的人声破入倾颓的石门

滚滚氤氲　吞噬这幽秘的黄昏之界

漫天赤沙高举夜隼的残骸

在神的节日与圣甲虫一起欢纵

兀立的孤碑藏匿斑驳的过往，残缺之角犹见黑白交织的昼夜间隙。

俱与大地一色。包浆的变形线条缭绕奥西里斯的神碑：乍现于时间之始的乌金王座，只见空明的大蛇盘桓于云中。

枯黑的右手紧攥上翘的椅侧，青筋同这凝结的空气一起跳动，若隐若现的指环刻有王名，"UR，RA"的破损字符令黑夜敬肃。

狂风将附体的象形文拖回碑石背面。黢黑，阴冷以及冰结的空气，低沉的喘息，断续回荡在这虚无之境。

发皱的、苍老的鹰头，深邃的幽蓝巨眼盯着东方。空洞苍黑的眼眶，在风沙潜入的夜光下，似有目光扑朔——讳莫如深的生命之眼啊。

——这太阳神所爱，为我所独钟。

（二）与蛇的对决

30个王朝墓碑铺成的路，延伸杜亚特[①]冥河的无边。

碧绿的蛇涎与万股黄泉汇聚于泛红的尼罗河，在枯寂中激荡。

残像在河面怪突，像一个个惊恐的头颅，聚在一起，皴染猩红的众神祭日。

棺外的亡灵，空漠地抬望无垠的苍空，看见那位神铸的奥西里斯。亡灵痛哭，枯裂的残容透逸着幽光的铅泪。

这怀抱一把腐朽之桨的长者，额头似太阳浑圆，沉静的尊容宛若神明隐于幽潭。仿佛顺从终极旅行的导引，渡向无穷的天河。

那混沌的主宰，那孤高的大神，背挂羽翼零落的大蛇[②]，自灵河翻出飞溅的毒汁，于隆起的天际长啸。蛇袍缀挂着悲伤与苦痛。想到黑暗，看到黑暗，便置身于黑暗。疯狂中它冲向黯淡已久的太阳，仿佛要将其吞下，但那巢穴早已空空如也。

冷火之絮一同飘向那熄灭于邈邈杳冥中的太阳……奥西里斯轻慰这曾经的普照之灵。

---

① 古埃及神话中的冥府。

② 地狱里黑暗邪恶的大蛇阿佩普（Apop）是太阳神拉最强大的敌人。

只那一瞬，太阳神①的灵魂灌注于奥西里斯之躯，开始与混沌之神、那大蛇、那一生之敌做最后的了断。

大笑，高唱，是时候了诀别。

痛饮，静观，是时候了这灵迹终究幻化。

一圈火蛇从四周聚射　长者岿然于火之央

巨眼哀默　将那地下不祥之物吞噬

一切那么寂静　神圣

消失　来去　好像从未发生

影一般的王座

笼罩着时间之环

罗塞塔乌②　达特③……

奥西里斯　黑暗只此一瞬

尽燃吧

尽燃吧！

暗金的冥海向八方急涌，虚妄的尽头出现光的盛宴：

鲜活祭品在火中沸腾，

奥西里斯的黎明

---

① 拉（Ra），古埃及神话中的太阳神，也是赫里奥波里斯-九柱神之首。

② 指阴间重生之地。

③ 亦作"杜阿特"。阴间，人死后住的地方。被想象在地下，"很深，很黑，无边无际"。在《金字塔铭文》中，达特被拟人化，是死者的母亲的形象，引导他升天。

伴随蛇血与九泉的奏鸣，

隐约响起神的赞歌。

那是磷火，那是生者的祭祀，那是最后的狂欢⋯⋯

由虫到兽　　由鸟到人

奥西里斯　　请再次重生

——这太阳神所爱　为我所独钟

那群人啊，

他们不断追寻，妄图翦灭死亡，在天空和大地只留下自
己的足迹、名姓，不轻易接受自己来到尘世只为最终消失的
宿命，难道创造一片水晶的神途只为明验生命的希望不灭？
难道宁愿相信在那阡陌纵横的神迹中闪耀永恒？宁愿相信自
己不曾死去，不曾消失，不曾燃尽？

那死与生，爱与恨无法对称的时间之轴啊，人类所凭依
的最初希望。

——这太阳神所爱，为我所独钟。

（三）生之赞歌

滚滚氤氲，鼎沸的喧嚣破入残颓的石门，涂抹绿脸的人
群渗入这亘古无声的黎明——借助这猩红的时间之眼，看到
影一般的王座显现出数行不朽的圣书字⋯⋯于是人类再一次
辨认出那金色的象形神迹：

我们的所作所为

终不过是尼罗河的砂砾

我们的信仰

我们的生死

我们的哀乐

是又一个阿赫[1]

我们是埃及两地是尼罗河

我们是赫里奥波里斯[2]是孟菲斯

我们是泰芙努特[3]是普塔[4]

我们是玛阿特[5]是荷鲁斯[6]

我们是圣地之主我们是圣主之地

---

① 阿赫为古埃及神话中利比亚荒漠之神。其神圣动物为鹰；其形象为鹰首人躯。后来，对阿赫的崇拜，于赛特和利比亚荒漠的化身哈之崇拜相混同。

② 赫里奥波里斯（今埃及开罗）是古埃及除孟菲斯和底比斯之外最重要的城市。它是古代埃及太阳神崇拜的中心，也被称为"众神之乡"。

③ 泰芙努特（Tefnut），是古埃及神话中的雨与湿气之神，赫里奥波里斯-九柱神之一。代表着无序，是导致食物和尸体腐烂的力量。

④ 普塔（Ptah），是古埃及孟斐斯地区所信仰的造物神，而后演变成工匠与艺术家的保护者，形象为一木乃伊。

⑤ 玛阿特（Maat）是一位头上饰有一根鸵鸟羽毛的女神，鸵鸟羽毛就是她的象征。在古埃及神话中，她是太阳神拉的女儿，智慧之神托特的妻子。

⑥ 荷鲁斯（Horus）是古埃及神话中法老的守护神，也是复仇之神。冥王奥西里斯的儿子。

奥西里斯的黎明

我们是天河舟者

我们是归来居于最前者

愿彻骨的黑火

带走我们的悲喜

带走我们的福祸

带走我们曾为人类的遗证

重生吧奥西里斯

愿新的世界阳光照映

重生吧不灭的生命之眼

愿新的苍天恩佑

众神离去　人类重现

回到冷火环绕的达特

回到时间之始的冥漠

随黄昏沉浮

随黎明沉浮

舍弃一切的我们

俨然再生

舍弃一切的我们

犹然永生

2018年2月-8月

阿瓦隆①哀歌

　　数以万计的将士之躯，散落着、扭曲着、缠绕着与泥污、血污板结在一起。剑与刀相互狂怒着、磕碰着、咆哮着与不再啸傲沙场的主人一道，遮蔽了卡美洛往昔的光耀。夕阳缓缓遁入血色的氤氲，天地相融为一色，渗入无穷的血海之中。

　　四下的渡鸦哀叫着逃离，只留下如血残阳，默然独吊。

　　一切的一切，都萦绕着那阴云的低岗——一顶赤银交错的公牛角头盔滚落在坡脚。在绛色的污泥间，隐约看见刻于其上的精美纹饰以及"莫德雷德"②几个不起眼的字母，旁边是暗金色的圆桌图案。

　　注定这个后来被称为卡姆兰的无名之丘，书写着英雄对决的悲剧史诗：一把剑深深地没到剑柄，崩碎了周遭的黑色石块。银色的十字架护手，散发着紫光，骄傲地述说主人曾经的雄心。裹着线绳的柄上，一只近乎碎裂的手，依然紧紧握着血肉与泥土死死粘着，依附于其上，仿佛相信自己依然

---

① 阿瓦隆是亚瑟王最终的栖息地。在亚瑟王传说中，阿瓦隆象征来世与身后之地，由九位擅长魔法的仙后守护着。

② 莫德雷德，与亚瑟王在卡姆兰之战同归于尽的骑士。

活着一般。

穿着赤铜之铠的魁伟身影，沉重地跪在剑旁，单膝所触之地将碎石碾为幽黑的深坑。另一只手五指张开，正向前探去，尽力地想要挽回什么……突兀地一柄巨大的长枪——几乎比此人还长——完全的、坚决的，从正面穿过了尸体的心脏，直指他背向的滴血残阳，闪着寒光的枪尖带出的鳞甲，没入天地之中，仿佛一个巨长的时针，凄厉地指向生命的终结。

一双眼睛向外突起，不自然的扩成圆球，布满了网一般的血丝睁开着，惊恐地、惭愧地、愤怒地，盯着左手想要抓住、想要挽回的远方，金黄的胡须混合着早已凝固的黑血极力反射微弱的落日血光，下面的嘴微微张开……仿佛吞噬了无数回忆的深不可测的黑洞。

绝望之丘。

深邃、墨绿的湖——没有人懂得它的恬淡，除了剑——倒映出岸边青葱的树林，以及乱云飞渡的苍穹。湖面上偶尔会弹出不大的气泡，又慢慢隐回湖中，就好像她对天空说下一番番深埋心底的絮语，日复一日地如此。除此之外，四周甚至鸟叫声都不再，宁静、寂寞，宛若细沙所拢，隔于生世，绝于此生，只是，偶尔还有风的竖琴声，回荡在桃树林的每个角落……

距湖不远处的七零八落的灌木丛后，一位金发的青年，双目微闭，斜倚着一颗奇异的古树，躺在那林中的翠绿的草上。在雕花金甲的正中央——心口处，竟然是一条扁长的刺眼的巨大血洞，染红了身侧紫色的、一度呼啸的披风。

他的身前，一位银臂的骑士正恭敬的单膝跪地，忠心守候着年轻的主人苏醒。

银发的骑士，双手——包括那只银臂——正捧着一把通身散发金芒的长剑——王者之剑。剑上不沾一丝尘物——即使骑士手掌被血玷污。剑把上的十字在血影的映照下，散发出了阵阵摄人心魄的威势。战场上它曾骤然作响，犹如狂狮怒吼般震落了四周敌手，如一片片残叶零落。

青年缓缓睁开眼，沾满血的眼睑微微颤抖着，挣扎中方才显出被黑色侵蚀的幽绿色双瞳，倒映出这个倾斜的天地。他适应渐已黯然的光线，看到了身前的骑士——满身鲜血，费力地抬起臂甲破裂的左臂。他轻轻将手搭在骑士身上，紧紧盯着眼前白衣侍臣的锃蓝双眸道："为了卡美洛之荣，归还此剑。""亚瑟王……"并未收回手的王，如释重负般再一次闭上了早已疲惫的双眼，"贝伦狄尔①抱歉了，这一次，可能要睡得久一些……"

金甲中的手垂到了地上，夕阳收拢在这一片静谧的树林中，裹上了一层金色的氤氲与树林繁叶相互缭绕着错杂着，永恒地守护——那睡梦中的王。

石中之剑归于湖中，亚瑟王归于阿瓦隆之屿。

微风吹响了如金箔瑟瑟作响的无穷树叶，为湖面卷起不休的涟漪，在天地之间合奏出细雨般的不尽哀歌。

---

① 亚瑟王死前守护身旁的最后一名骑士。

终极之箭①

　　阿拉什左手提起那张巨弓。足有两米长的古铜弓身，上刻有银丝镶嵌的古波斯文，两侧雕着狰狞的鹰翼神兽，弓被千锤百炼的金属撑出苍穹一般的完美弧度。

　　在霞光熠熠的雪地，阿拉什用坚韧的臂膀紧了紧弓弦，右手握住那神赐之箭——箭身通体散射七色的荧光，雪雾中幽幽地闪光。

　　勇士将箭搭在了狮筋搓成的弦上，昂起雄健的头颅。

　　麦努切尔赫王国王昨夜对阿拉什说："必须停战，结束这场持续了六十年的战争。"波斯和图兰的国王同意由一位双方都认可的勇士登上德玛峰，向东放箭，箭之所落，便是两国新界。国王转过头来，满脸的风霜隐藏于浓密的灰鬓："吾主向我托梦，夜的精灵送来神造的硬弓与流星之矢，一切都指向你，阿拉什。"

　　阿拉什高大的身影在烛火下颤动："王啊，请允许我，为

辑一　散文诗

---

① 载《长江丛刊》2019年2月下。

伟大的国土，献上我的忠诚。"

这个日子被后世称为"特里干"（夏至）。

德玛峰上，乱云缠绕着亘古积雪，四周尽是白茫茫一片，就连太阳也被遮挡，这是六域之内至高山峰。

阿拉什迈出一步，在荒凉的雪地踏出深坑。拉开弓，缓缓、坚定。硕健的肌肉抖动，箭是那般平稳。他知道目标所在：东方，太阳升起的地方。

  如阳至圣的吾主
   请赐下荣誉和万般力量。

随着弓弦撑满，隐隐的山风，向手指所移动的方向呼啸而去。此刻三军的狂吼，昔日亡魂的哀号，注入英雄的屏息的耳中。

嗡的一声惊天巨响，在雪地、在德玛峰上怒吼地射出。一支七彩的流星，卷起残雪和泥土、树叶，朝太阳方向光一般掠去，快速旋转、快速飞驰，留下身后千百条交错斑驳、光怪陆离的神秘光芒。

箭仿佛在追逐太阳神车，永不停歇地刺向碧蓝的天空之眼——在两千五百米以外的阿姆河岸，划出一道深不见底的大壑。

万甲鼎沸。但射出神箭的人早已不在——可怕的裂痕在他伟岸的身躯迸裂开来，一瞬间炸得四分五裂。只见那幽深的巨坑，散落着被染成血红的、白色的雪莲和松针，以及山体沸腾而出的滚滚岩浆……

奥西里斯的黎明

完美合奏①

　　1000多个日日夜夜就这样转瞬流逝。当满街的樱花，在春天的再一次轮回中怒放你绚烂的一季，那静美的回眸、紫色的嫣然……回忆宛若漫天星斗的银河，在闪烁中激荡，在激荡中弥漫。钢琴的黑白键在我的指尖流动起伏，仿佛昼夜穿梭如斯……而你小提琴幽咽的琴音，在我耳畔时回响。我在梦里常常重温舞台上那合奏的分分秒秒，我怀念那次合作，渴望与你再度携手重现完美合奏。

　　记得那场小提琴与钢琴合奏的友谊赛，你我合作的曲目是贝多芬的《升C小调钢琴奏鸣曲》，即《月光曲》。

　　音乐厅上方的白炽大灯直射木质地板，灯光之外便是漆黑与无人般的寂静。这寂静为我们而存在，无数的观众都在为我们合奏的美妙音乐准备着如雷的掌声。

　　在众人炽热而期待的目光下，我是那样的紧张，眼前的钢琴也似乎沉沦于昏暗无边的大海深处。你黑发的熠熠反光在大厅格外夺目，当你回眸直视我的眼睛，仿佛在说：有我

① 载《散文百家》2019年3月刊上。

輯一　散文诗

在呢！这是我们的合奏啊。

平缓的前奏，在我的紧张中有些颤抖，紧接着，小提琴的第一声也滑进曲中，犹如无月之夜的流星在无际的夜幕上划过，又好似昆明湖月光闪烁的湖面上荡漾的小舟一般。钢琴那粒状的音符与小提琴流水般的音符慢慢交织在一起，宛如舒缓的河流泛起浪花，明净、璀璨。我心中的那一抹忐忑悄然消失。

那支叹息主题仿佛融入了某种浓郁的怅绪将人带入初始乐章，如月之初升，充满希望，但被浮云所掩盖，万影瞬间俱息，令人悲从中来。

中间段落的小快板柔和温馨恰李斯特所说，犹如两座悬崖中的一朵小花，临空摇曳，似回忆往昔的甜梦，又似未来的美好憧憬。这皓月般的恬静，却更像汹涌心海的短促憩息。

如潮澎湃的后半乐章在黑白键上疾驰奔突，仿佛九天飞下的水晶瀑流，激荡着搏击、抗争，久久难以止息。

刹那间，仿佛进入一座无垠的神秘晶体世界，镜面一般的天地之间只有你我合奏的音符在滑翔。我看见你手中的琴弓在飞舞，仿佛清晨树梢跳跃的百灵。旋律轻快明丽，犹如春风轻抚你的头发。再一次反复，又归于淡远。忽然间我发现你紫衫下的身躯微微颤动一下，在琴弓的飞快摆动中，你晶莹的泪水在幽暗中散落。是这淡远而有些悲凉的副曲触及你那身患白血病的忧伤记忆吗？我想用琴声告诉你"有我在呢，这是我们的合奏啊"，就像你鼓励我一般。昏暗中琴声在琴箱中爆裂着，像心脏一样跳动、撞击，又仿佛羸弱的生灵对命运之神的顽强反抗。

你我琴中飞出的音符，好似翩翩蝴蝶在空中悠然起舞，又宛若无数的精灵扑朔而来，瞬息间在一组高音中戛然而止，幻化出照亮整个舞台的夺目光芒。随后是数不清的听众雷鸣般的掌声，将整个舞台和你我淹没……这是完美的合奏，这是生命的合奏。

我多么希望时间和音符永远凝固在那舞台的3分56秒，我多么希望身患白血病的你手术并未失败，我多么希望你走出了病房，拿起小提琴走上舞台，与我再续约定的完美合奏……

2016年5月

辑一 散文诗

远　树

　　眺望楼丛空隙的远处，冬日的鸟雀如都市的星辰般稀落于结着雾凇的枯树，时而扑动瑟瑟的翅膀，向着目光所及的尽头恋恋地轻唤——在寂寒如狱的无生之境，仿佛等待着什么。

　　似雪似霜的清光飘摇而下，与漫无边际散落如梦如幻的六瓣奇花交织，连接起永恒相隔的天地。

　　天地之际，远远的那一排排树林挺拔于城市空无一人、寥落的雪地。脚下是半埋于雪中的苍黑残枝，额际是窃窃私语的鸟鸣。最后的一层细碎萎烂的黑色护皮，零落于圣洁的雪原，格外刺目。漠然的西风抽打枯枝，不留下一片叶的踪影。清脆的撕裂声忽地传开，接着便是断木刮擦的刺耳尾音，直到残枝落地声音戛然而止，尔后风尖啸掠过，而风之上的鸟群发出阵阵啼鸣。

　　在上下苍茫、不分一物的洁白之地，棕黑色的、需十数人才能合抱的粗干，散发着浓郁的生命复苏气息。

　　这黑白相间的暮冬世界，从积雪的树根挤出几簇早来的绿芽——纵使微不足道，仍兀立于狂怒的风雪中，守望着那个徐徐而来的季节。

辑二 诗词

少年意气强不羁

——编者导读之二博约诗词

袁　征

（一）

博约诗词以怀古诗、山水诗、咏怀诗三类为主，有五七言律、古风等多种诗体。怀古诗，如《赤水》《访八道湾鲁迅故居》《丁酉五月寻古蜀遗踪》《读夏完淳〈大哀赋〉即兴》《丁酉六月过长沙贾谊故宅》《禹王宫》等。怀古诗，是以历史题材为对象的诗歌创作，在古典诗词中自成一脉，且源远流长。其内容多是诗人寄寓个人际遇和情感，仰慕古人精神和倾诉心声之作。

七律《赤水》一诗颇值称道。这是作者高一游学贵州等地、游览赤水河所作之一。四渡赤水是红军于中国革命危难之时扭转战局的神来之笔，但期间亦付出惨重牺牲，只要是对中国革命的胜利抱有诚挚情感的人登临于此都会百感交集。此诗以"缨涛漫卷七星北，斜楸恨垂赤土陵"起句，尤为深沉。明代诗人王世贞在《艺苑卮言》曰："七言律，不难于中二联，难于发端及结句耳。发端，盛唐人无不佳者。结颇有之，然亦无转入他调及收顿不住之病。"[1] 以此起句可谓先声夺人，所写俱史实俱实景。王世贞还说："字法，有虚有实，有沉有响，虚响易工，沉实难至。"七律诗学中，沉郁至尊。此为杜少陵诗不传之秘。沉郁为诗中一种高格。其名称最早出于屈原的《九章·思美人》："申旦以舒中情兮，志沉菀而莫达。"沉菀即沉郁。陈廷焯《白雨斋词话》云："所谓沉郁者，意在笔先，神余言外，写怨夫思妇之怀，寓孽子孤臣之感。凡交情之冷淡，身世之飘零，皆可于一草一木发之。而发之又必若隐若现，欲露不露，反复缠绵，终不许一语道破。匪独体格之高，亦见性情之厚。"[2]"缨涛"无疑是工农红军之代称，"七星北"，很显然是红军北上抗日之方向。"斜槭"者，赤水植物，枫树之类。此时红叶泛紫、抱恨低垂于假想的英勇红军战士之葬身地。此两句发端已锁定悲壮气氛于全篇。颔颈两联"剩勇万难飞渡影，游军九死战盘鹰。大江且唱血侵岸，崇岭犹悬月绕绫"，更仿诗史之笔，精工对出，实笔虚笔交织，实笔之处既沉痛又豪迈，"血侵岸"写实而夸张的意象，令人联想战争场面的酷烈和血腥；虚笔之处哀婉悱恻，令人展开不尽的想象，尤其是"月绕绫"这样的凄美意象——月亮仿佛为战死的红军战士化为白绫随风萦绕。如此浓墨重笔之后，作者以"天地有情回瑞雪，霜藤遗志哭良肱"结句，便是长歌当哭地对天洒泪一祭了。

另有一首《夜访八道湾鲁迅故居》也是颇有韵致的一首七律。鲁迅是文人斗士，尽管近些年其作品部分从教材中撤

奥西里斯的黎明

下，但不能因此认为鲁迅过时了。鲁迅之可贵，在于其精神、风骨、气节，而这些也并非其独有，也非孤独于世的，在浩瀚的中华民族士林中，屈原、贾谊之忠耿，唐宋文人之豪逸，竹林七贤之风度，晚明狂士之高蹈，都是一脉的。是一种没有媚骨的自由精神之遗世独立。诗作者深崇鲁迅其人其文，常去家居毗邻的鲁迅故居瞻仰。此诗首句"忽觉阖诗寒宇彻，拢云月栉碧林疏"，显然是作者夜里读书已毕在其故居附近的流连。颔联"朝花谔谔上文曲，野草森森隐故庐"，内嵌鲁迅的两部作品集《朝花夕拾》《野草》很有深意。接着颈联句"枫染黛墙谁荐血，窨藏青石世忧书"，其中"荐血"，其典故出自鲁迅《自题小像》"寄意寒星荃不察，我以我血荐轩辕"的名句。其收句"狂人乱竹空题字，何似萧梢九月初"，笔触只莞尔一转，便以故居竹林等实景做结，内嵌鲁迅小说的人物，颇有意韵，有画龙点睛之妙。元人杨载《诗法家数·律诗要法》曰："七言律难于五言律。……七言若可截作五言，便不成诗，须字字去不得方是。所以句要藏字，字要藏意，如连珠不断方妙。诚以为实如是也。"这两句中虽是写实景却似有深意蕴藉其中，又仿佛空谷幽兰，但闻其香，未知身在何处耳。

（二）

山水诗，肇始于东晋谢灵运诸家，端在有情致逸迈的美感。如《游贵州》《黄山》《天山晚秋》《玉泉观》等。其中

《黄山》一诗颇好。此亦为作者高二游学安徽等地之作。首句"天梯虎步乌啼早，林浪黛峰紫霭笼"，以远景勾勒，辅之色彩词"黛""紫"，顿时呈现一派雄山美图的青绿山水画面来，既有一股朗朗向上之气，又点明时令交代缘起。"松仰垠崖扶海客，石摩清汉跃神骢"，拟人式实写，却富有想象，"海客"之缥缈，"神骢"之俊采，俱在其中。"几回霜兔拜黄石，一梦苍雕射碧穹"一句对出，令人耳目一新。似乎是双关隐喻，尤其是"黄石"，既可能是黄山之石，又可能隐指"黄石公"，令人联想起太白著名的《经下邳圯桥怀张子房》中的诗句"唯见碧流水，曾无黄石公；叹息此人去，萧条徐泗空"。这种自然而然的联想正是诗歌的审美价值所在，也就让人揣测作者此诗中的志向抱负来。陈廷焯曰："结句贵情馀言外，含蓄不尽。""玉露浮光都不见，苍苍还望老仙宫"，作为结句，是一种化实为虚，断然宕开的写法，将诗意轻抛于虚缈之境便戛然而止。通篇而言，该诗符合七律"篇法有起有束，有放有敛，有唤有应。大抵一开则一阖，一扬则一抑，一象则一意"的诗美要求。

《游贵州》属排律，也是游学之作。前八句写景，道出云贵高原的特有风光。"黔风、野钓、古栈、蝶谷、飞泉、雷泽"一组意象铺开清新而感性的画面，令人如临不尘之界。"数声银瀑惊霜鹭，百里丹霞断翠屏"一联勾勒出彩色山水画境，捕捉住喀斯特地貌的灵动感。古人说："登山则情满于山，观海则意溢于海。"若一味地这般写景下去，就忘记了山水诗并不在乎山水，而在于山水之情，在于客观之象中的主观之意。当初，谢灵运以为"山水含清晖，清晖能娱人"而开创山水诗，使山山水水成为独立的审美对象，创造了一种新的自然审美观念和趣味，正是要缘景抒情，因寄所托，表达自己的理想、志趣。贵州，正是心学大师王阳明龙场悟道之地，不知是否因为此故，作者写出了"觉卧何知非沤梦，谓言云游忘神形"的结句来。"觉卧"，是说虽处迷境、却可致悟。这就颇有些像是悟道的意思了。《庄子·让王》曰："故养志者忘形，养形者忘利，致道者忘心矣。"[3] 既然能"忘神形"，那更无疑是致力于"道"了。

（三）

诗词中还有一类则是咏怀诗，如七律《岁末抚琴》、词《满江红》《御街行》等。咏怀诗可以分为淑世、超世、游世三类情怀。阮籍"意旨隐微，寄托遥深"的八十二首《咏怀诗》，可以说是这类诗的集大成之作。博约七律《岁末抚琴》显然在无形之中继承着这类文学传统。首联"寥星眷眷逐荧影，霜霁燕山披带河"点明节气时令即冬夜近于破晓之时的所见所思所感。"寥星""披带河"意象颇大。这两句而言，有宗李、宗杜的痕迹。李杜之彪炳文史而难以被人超越之处，正在其意象之壮阔。王国维《人间词话》中说："词以境界为最上。有境界则自成高格，自有名句。"[4] 这正是古典诗词之特有审美价值。中间两联"钧梦巡天弦滚拂，壮心映雪竹婆娑。攫虹苍隼思狐兔，挂壁赤霄分道魔"，其中意象如琴（钧天）、剑（赤霄）、雪、竹，苍隼，便知作者有欲追古代贤达的志向。至于尾句"仰胆芸窗终折桂，破关当赋大风歌"更是表达一种学业方面的理想。

词贵"重拙大"。况周颐《蕙风词话》卷一："作词有三要，曰重、拙、大。南渡诸贤不可及处在是。"[5]朱庸斋进一步解释说："重，用笔须健劲；拙，即用笔见停留，处处见含蓄；大，即境界宏阔，亦须用笔表达。"[6]窃以为，重，当指题材的重大，拙指笔力的劲道，大，指的是意境的阔达。从这一点来说，博约词《满江红》颇具风骨，其题材、笔力、意境都在向"重拙大"的词学审美看齐。

"满江红"属于长调，用仄韵，多表达激越悲愤之情。其副题"乙未九月抚古琴《潇湘水云》"，显然所用主题与之大略。《潇湘》一曲，南宋郭楚望所作，面对金兵锋指长江以南的黑云压城、山河已破的现实，怅望九嶷山之云雾缭绕，忧伤去国，自然是愁肠百结。"每欲望九嶷，为潇湘之云所蔽，以寓惓惓之意也。"该词上阕重在营造国破山河在的南国萧瑟之境，故以"碧水垂天，激万丈、九嶷云幂"起句，用舜帝南巡死于苍梧的典故，感叹国无圣贤则祸至的史律，遂在下片呼出"横万柏，竟绝壁。挥血翙，剑欲北"的时人心声，并用武穆岳飞魂招而不至无人击楫北伐的词句，道出"渔樵唱残寒江寂"的南宋必然灭亡的结局。该词上下两阕过片处浑然无迹，并无明显过渡，似不符合词在过片处须宕开的原则，好在最后一句做了补救，在结句处形成开阖局面，用"古今影，涵万里澄波"做结收住回到现实之境，"余音惕"，

奥西里斯的黎明

千年一瞬、但时过而境未迁，《潇湘》仍足成为今人的警音戒示。这样就使看似怀古的作品有了警讽效果。

王安石有诗云："少年意气强不羁，虎胁插翼白日飞。"少年之意气才情以及梦想虽然不是非少年人所能理解的，也会由衷地说一句"宣父犹能畏后生"！

参考文献

［1］王世贞.艺苑卮言［M］.南京：凤凰出版社，2009.

［2］陈廷焯.白雨斋词话［M］.上海：上海古籍出版社，1984.

［3］庄子［M］.孙通海译注.上海：中华书局，2007.

［4］王国维.人间词话［M］.上海：上海古籍出版社，1998.

［5］况周颐.蕙风词话［M］.上海：上海古籍出版社，2009.

［6］朱庸斋.分春馆词话［M］.广州：广东人民出版社，1989.

辑二　诗词

赤水

缨涛漫卷七星北，斜械恨垂赤土陵。

剩勇万难飞渡影，游军九死战盘鹰。

大江且唱血侵岸，崇岭犹悬月绕绫。

天地有情回瑞雪，霜藤遗志哭良肱。

黄山

天梯虎步乌啼早，林浪黛峰紫霭笼。

松仰垠崖扶海客，石摩清汉跃神骢。

几回霜兔拜黄石，一梦苍雕射碧穹。

玉露浮光都不见，苍苍还望老仙宫。

访八道湾鲁迅故居

（一）七律

忽觉阃诗寒宇彻，拢云月枥碧林疏。

朝花谔谔上文曲，野草森森隐故庐。

枫染黛墙谁荐血，窨藏青石世忧书。

狂人乱竹空题字，何似萧梢九月初。

（二）绝句

秋去阿Q遗越曲，夜来闰土锁深庐。

谁闻寂寂琼寒骤，凝碧忽摇星影疏。

天山晚秋

马踏积云天碧远，东来霜岭漫萧寥。

老泉幽隐封胡语，极野冥昏入角箫。

沙暴常掀唐冢草，漠风时卷雪疆雕。

长歌悲咽英魂祭，西极柳红不易凋。

岁末抚琴

（一）七律

寥星眷眷逐茕影，霜霁燕山披带河。

钓梦巡天弦滚拂①，壮心映雪竹婆娑。

攫虹苍隼思狐兔，挂壁赤霄分道魔。

仰胆芸窗终折桂，破关当赋大风歌。

（二）绝句

七弦久绝澄心乱，三圣未闻夙夜思。

读破诗骚图自奋，振鸣巨阙当扶危。

---

① 滚拂，古琴指法。

游贵州

夜半黔风千岭醒，潭花野钓触螟蜓。

鹤巢雾陷隐云栈，蝶谷芳摇访素馨。

枫叶渐疏瑰木断，蒸炎复聚雷泽听。

数声银瀑惊霜鹭，百里丹霞断翠屏。

觉卧何知非沤梦，谓言云游忘神形。

丁酉五月寻古蜀遗踪^①

呼夜神鬼断崖穿，堕月嘶鸿劫椟棺^②。

纵目^③忽起岷江定，开明^④祚衰巫岭盘。

长埋锈土三星烁，骤裂扶桑^⑤九日残。

逝水枯舟霜满目，蟠夔^⑥牙冢碧霄寒。

---

① 载《牡丹》杂志2019年2月刊。
② 即出金营葬，双椟具举。见《聊斋志异·青梅》。
③ 蜀人祖先是"蚕丛"。蜀与"蠋"通，即野蚕。蚕丛"目纵"，居岷山下的石穴里，"教民蚕桑"。《华阳国志·蜀志》记载："有蜀侯蚕丛，其纵目。"蚕丛，即蚕丛氏，是蜀人的先王。
④ 开明王朝（约前666～前316）。鳖灵因在蜀中治水有功，受民众拥戴于公元前666年前后称开明帝，建立开明王朝。开明王朝治蜀300余年，公元前316年，秦国攻打蜀国，蜀地从此纳入了秦国的版图
⑤ 扶桑树。《山海经·海外东经》："汤谷上有扶桑，十日所浴，在黑齿北。"郭璞注："扶桑，木也。"李白《代寿山答孟少府移文书》："将欲倚剑天外，挂弓扶桑。"
⑥ 指盘曲的夔龙形装饰。龚自珍《己亥杂诗》之一九一："蟠夔小印镂珊瑚，小字高华出《汉书》。"

读夏完淳《大哀赋》即兴

（一）七律

少将扬鞭雪舞缨，摩崖青剑欲纵横。

石存忠骨广原兀，霜裂残碑孤月铮。

但著铁衣排世病，讵留败竹祸前明。

千秋花泣拜行冢，遗志犹闻轻死生。

（二）绝句

时惜朱颜病，常悲汉阙残。

千声哀赋尽，赤手拯危难。

（三）绝句

扬辔沙飞雪，抽刀万嶂寒。

掷身铜甲碎，抟翼故疆鸾。

管仲墓二绝句

其一

糜芜万垄牛山麓，槐上夕烟月下乌。

岁岁桑田翻旧亩，几曾霸迹传遗图。

其二

拏空鹯俯孤碑兀，九合故踪淄水中。

想见青山驮霸业，信知管鲍是仁雄。

丁酉六月过长沙贾谊故宅

其一

汉业惟遗绩，宅空鵩鸟辜。

井苔鉴盛景，冥雪被柑株。

万里悲孤往，一时恨旷芜。

奈何无圣主，贾傅命何殊。

其二

汉傅已长往，鵩飞宅亦殊。

残檐存逸世，古井映苍株。

千载垂云影，孤身向野芜。

岂非无圣主，天纵殆迁途。

其三

招魂汉月秋，俯影汨罗流。

挥斥同谁语，怅寥与我酬。

忘身离谪土，有志寄苍鸠。

帝业可安在，万难《大政》求。

禹王宫

南来叩古径，幽入禹王宫①。

坛角苍苔郁，天隅逝水穷。

寒林召舞兽，绵野御英风。

散合人间事，轻烟逐夕鸿。

2018年3月

① 禹王宫，俗称禹王庙，又称涂山祠，位于大禹劈山导淮的涂山顶峰。

悼祖父

悉祖父于农历四月二十三日九十五岁高寿仙逝不胜悲伤连夜即赋遥叩哀悼。

月闭飞星白,神槎竟远迁。

天山披雪悼,渭水哀风旋。

余业化冥雨,丰仪入列仙。

迎钟梵诵出,大野起燔烟。

奥西里斯的黎明

十月十九日梦访鲁迅故居

昨夜柏风起凌乱，我梦先生卜居①处。

槁梅垂吟苍苔壁，尘叶漫天逐物故。

碎瓦倒挂飞檐败，污淖惊乱鸦羽翥。

黑云恻恻殷雷闪，朱砂漆漆提狮纽。

雹雨如镞理故壤，雾帘疾拢幽魑吼。

斗魂已游黄金世②，仇目冷焰犹未朽。

铜牙常啮热血荐，枯枝忽捧义士酒。

---

① 择地而居。《卜居》为《楚辞》中一文。传为屈原所作。

② 鲁迅《野草·影的告别》："有我所不乐意的在你们将来的黄金世界里，我不愿去。"

谁著文章金刀错①，橡笔疾走怒龙舞。

老木同雠挥干戚②，野草有烬化孤鹜。

掷杯九垓哭衰世，地火③随葬青崖墓。

霜钟悠悠携风远，澹云荒荒飞鸟稀。

晓惊板桥无霜迹，璧日疏朗寻莺啼。

碧潭闲漾抛清露，桐叶逸扬俯鸥甍④。

处处小园飘竹影，风雨何处慰先生。

2018年10月

---

① 汉代张衡《四愁诗》："美人赠我金错刀，何以报之英琼瑶。"或指一
　　种笔体。《宣和画谱·李煜》："李氏能文善书画。书作颤笔樛曲之状，
　　道劲如寒松霜竹，谓之金错刀。"

② 陶渊明《读山海经·其十》："刑天舞干戚，猛志固常在。"

③ 鲁迅《野草·题辞》："我自爱我的野草，但我憎恶这以野草作装饰
　　的地面。地火在地下运行，奔突；熔岩一旦喷出，将烧尽一切野草，
　　以及乔木，于是并且无可朽腐。"

④ 鸥甍。古代宫殿屋脊两端的兽形装饰物。

丙申夏读《诗经·六月》[①]

六月栖栖伐猃狁，白旆央央戎车雄[②]。

蟒行大壑逐群小，惊风长铗裂穹窿。

风兮挟浪九万里，鹏负青天岂梦空？

卧薪城西且图奋，越甲三千破楚宫。

2017年3月

———————————

① 载《参花》杂志2019年2月刊。
② 《诗经·六月》六月栖栖，戎车既饬。……薄伐猃狁，以奏肤
　公。……织文鸟章，白旆央央。……饮御诸友，炰鳖脍鲤。侯谁在
　矣？张仲孝友。

乙未七月谒天水姜维墓①

六峰拔地远无限，义高云阔荒城吞。

孤冢摩天千树合，枯蔓横断抱忠魂。

剑阁只影退万鍪，奈何訇然降闾阖②。

乱世残戈卧龙野，坏土荡田衣冠存。

人间岂有大椿冥灵者③，千年一瞬了无痕。

问尔古来王侯知何处，万里秋月一残垣。

2017年7月

① 载《牡丹》杂志2019年2月刊。
② 屈原《楚辞·离骚》："吾令帝阍开关兮，倚阊阖而望予。"
③ 《庄子·逍遥游》："上古有大椿者，以八千岁为春，以八千岁为秋。"
又，"楚之南有冥灵者，以五百岁为春，五百岁为秋"。王国维道：
"故言大则有若北冥之鱼，语小则有蜗角之国，语久则大椿冥灵，语
短则蟪蛄朝菌……此种想象，决不能于北方文学中发见之。故《庄》
《列》书中之某分，即谓之散文诗，无不可也。"

玉泉观①

乌柏接鸟道，澄靖出飞宇。

达玄遂天志，求仙问冥数。

伯阳②开无为，南华③知何处。

苍崖垂古荫，来汲玉泉否。

2017年7月

---

① 载《参花》杂志2019年2月刊。

② 老子。姓李名耳，字聃，字伯阳。

③ 《庄子》又名《南华经》。

书怀①

藏戟听雨楼，滚滚枫英道。

天丁落星汉，偶尔鸣赤骝。

① 载《参花》杂志2019年2月刊。

奥西里斯的黎明

过飞将军李广墓①

挽弓万雷创，虎石没羽残。

雪雕惊昏变，不与争碧天。

2017年7月

辑
二
诗
词

① 载《参花》杂志2019年2月刊。

古蜀遗踪①

蚕陵落虚山，晨闻莺语繁。

纵目天荒尽，岷水冰骨寒。

2017年8月

① 载《参花》杂志2019年2月刊。

满江红·乙未九月抚古琴《潇湘水云》①

碧水垂天，激万丈、九嶷②云幂。

罢棹归，雨歇风厉，剩霭尽息。

潇水还映湘妃竹，曾述舜冢③事历历④。

顾九州，三皇旧遗疆，家何觅。

横万柏，竟绝壁。挥血翊，剑欲北。

戮鞑虏不赦，祚运谁厄？

武穆⑤魂招谁击楫⑥，渔樵唱残寒江寂。

古今影，涵万里澄波，余音惕。

---

① 载《参花》杂志2019年2月刊。
② 九嶷山，又名苍梧山。
③ 汉刘向《列女传·有虞二妃》云："有虞二妃，帝尧二女也，长娥皇，次女英。"《山海经》载："洞庭之中，帝二女居之，是常游于江渊，出入必以飘风暴雨。"晋张华《博物志·史补》云："舜崩，二妃啼，以涕挥竹，竹尽斑。"今江南有"斑竹""湘妃竹"之说，盖出于此也。
④ 徐寅《岳州端午日送人游郴连》："九嶷云阔苍梧暗，与说重华旧德音。"
⑤ 武穆侯岳飞。
⑥ 宋张孝祥《水调歌头·和庞佑父》词："我欲乘风去，击楫誓中流。"

御街行·听吴文光先生《秋鸿》有感①

雁空②引颈云涯路，荡风促，天欲暮。

霜花摇落疑月华，不堪鱼书③又误。

清尘无迹，鹊桥何处，念念归思苦。

千花吊罢飞竹雨，寒蛩絮，独无语。

拂衣难寐捻五弦，剩照多情秋树。

斯人且住，与吾归噫④，缥缈沙洲去⑤。

2015年10月

① 载《参花》杂志2019年2月刊。
② 宋陈造《秋虫赋》："金飇之凄清，雁空之澄凝，丛栖聚悲，而为万
　籁之秋声。"
③ 《饮马长城窟行》："客从远方来，遗我双鲤鱼。呼儿烹鲤鱼，中有尺
　素书。"后因称书信为"鱼书"。
④ 范仲淹《岳阳楼记》：噫！微斯人，吾谁与归。
⑤ 苏轼《卜算子·黄州定慧院寓居作》：时见幽人独往来，缥缈孤鸿影。

辑三　辞赋

龙虎气　郁峥嵘

——编者导读之三博约辞赋

袁　征

　　辞赋在古典文学中独具价值和地位，自骚赋滥觞于屈原、宋玉以来，历经汉朝大赋、魏晋小赋、唐之律赋、宋之文赋等等，可谓争奇斗艳，呈现不同的形态面目和贡献。

　　古人对赋学批评多论及创作风格，且藏涵于渊源、作家与体类的批评之中。刘勰《文心雕龙·诠赋》也只是以"赋者，铺也"发挥前人对"赋"字本义的解读。[1]司马相如"赋心"（赋家之心）、"赋迹"之说，成为较成熟的辞赋理论开端。[2]所谓"赋家之心"，即"苞括宇宙，总览人物"。若以此观之，赋心即为气象、义理。赋迹，即"合綦组以成文，列锦绣而为质，一经一纬，一宫一商，此赋家之迹也"[3]，显然指的是文辞、声韵。汉朝大赋极重气势和辞藻，给人铺张扬厉和博富绚丽的印象。如司马相如《上林赋》、扬雄《羽猎赋》、枚乘《七发》等。至魏晋辞赋，虽气象不及汉赋但抒情性却又过之，如庾信的《哀江南赋》、鲍照《芜城赋》、陶潜《归去来辞》等。或托物言志，或咏物抒情，有大赋的铺排，又清壮婉丽。从这一点来说，博约的《登邺城赋》《后大哀赋》等风格近于抒情小赋。

《登邺城赋》为咏史之作。邺城，亦称临漳，建成于春秋时期的魏国文侯，至魏武曹操营建邺都，自此成为曹魏、后赵、冉魏、前燕、东魏、北齐都城，由于是"三国故地，六朝古都"，又有铜雀台等名胜，文人贤达赋咏多矣，诗词名篇且不必说，如元好问《木兰花慢·游三台》等；名赋亦不算少，有曹子建《铜雀台赋》、张鼎《古铜雀台赋》、陈维崧《铜雀瓦赋》等。

作者以"当昔邺城肇开，圣武横驰"起句，点明邺城建城之由来，"圣武"者显而易见的武功盖世兼又平定战乱者，或指魏文侯、或指魏武曹操。元好问《游三台》邺城怀古道出其王者之气：拥岩岩双阙，龙虎气，郁峥嵘。此赋交代该城地理之势"北走紫塞而锁燕蓟，南驰苍原而迤淮堤"，虽是规范的写法，但是稳健且有气势，囊括空间和时间之寥廓。进而作者笔锋一转，由地理转而政事，"麈尘落，朔空澄，人理规……蛟渊退，河海晏，天公至"，并用"千江齐奏，碧浮龙虎双阙之太清；百林共春，花逐凤鸾高门之崔嵬"，以烘托当时邺城之繁盛。此句从曹子建《铜雀台赋》"建高门之嵯峨兮，浮双阙乎太清"化用而来却仿佛羚羊挂角一般。

这一段之后，作者笔端陡然一变，忽地由娓娓铺叙，急转至第一层次末的"及至魏豪俊骨消散，天地风云异变……二世之传竟亡，万年之基孰祀"，整篇赋文因这一句的跌宕，仿佛长江溯源而上至虎跳峡，顿时变得勃勃而富有生气。更

让人联想到杜牧《阿房宫赋》中"戍卒叫，函谷举；楚人一炬，可怜焦土"句式的急转直下。雄才既已凋零，天下必然的土崩。于是为下一段血腥变乱作了预设铺垫。

单见"蓝鲲狂癫""黄蟒啸怒""兀崖翻，昏霾乱，雷轴滚，雪宫倾，飓母舞"，以及"贲星坠""断剑投""雨矢""疾刃""冥河""阎府""土崩""盾碎"等这样一组组铺天盖地的战乱意象，已知盛世不复存矣。"蚀骨散于荒庭，绣像湮于芜都。草魂泣窗，苍黎之告何祐；虫魅旋磷，阴阳之殊难辨"两组颇具概括的精工对句，写实写意兼之，已使人仿佛置身于千年以前的人间鬼蜮，有读《芜城赋》般凄楚不堪卒读。作者并未驻笔反而以"若夫"这样的副词领句排比骈连携一组组景语递进而上，"……幢幢萤絮，凄凄豺语。荧荧兮霜魄，惨惨兮瀚宇。四运兮维裂，九皋兮鹤去"，紧接着以"悲累卵以谁怜，觉倒悬而徒惧"这样一句情语为此段作结，不啻说书人的一记惊堂木，顿醒之后又令人遽然哀婉唏嘘。

义理，一向是赋之灵魂，无论怎样铺陈，终究是要归结为一番感悟和议论，这也是最容易落入前人窠臼的。"哀哉！问邺之繁芜，三王之道，周而复始，可得终乎？叹漳水无休，生若蜉蝣，岂不悲夫！"《史记·高祖本纪论》说："三王之道若循环，终而复始。"既然三王之道都是循环往复的，那么战争与和平，大治与大乱不也是周而复始的？于是作者感叹道，王朝盛衰循环如临漳之水一般悠悠不尽，但是人的生命苦短，那些黎民百姓却在皇权争夺中无辜地消耗生命，对于人的终结关怀，使得这一议论自有不俗之处，竟与张养浩所叹"兴，百姓苦，亡，百姓苦"有共鸣之妙。而其后的"歌曰"更将这一情感推向高潮，"……余灰兮爝火，岁暗兮魄寒。晻世兮无尽，长夜兮无边"。

《吊司马太史公赋》是篇两百字左右的小赋，是作者在课堂上限时交的作业改删。虽无更多深意，但对司马迁的痛悼，可以看出其背后也有对专制暴政压制扼杀文人的扼腕痛惜和控诉，内容上属于贾傅《吊屈原赋》一类、形制风格上接近司马相如《哀秦二世赋》。"高辞传百三十篇于名山，直笔诛三千年事之隐恶。弃微言而不留，遁四海岂有踪。骨砾未存，一祠荒没则斐炳史牒，文名永驻，九天云退而北杓灼耀。"对仗概括，句式一泻千里倒有畅快淋漓之感。

《古埃及赋》如其名。文明和时间跨度使得此赋中的一些典故较为难懂。比如，荷鲁斯，是冥神奥西里斯之子，为父报仇而杀死其篡位的王叔——可以看出其身上有哈姆莱特的影子。美尼斯，则是古埃及文明上第一王朝的开创者，有蝎子王之称，属于历史人物。以赋的形式怀古国外风物，是一种大胆尝试。起因可能是作者对古埃及文明及象形文字的独钟，据悉作者很早就读过《古埃及亡灵书》。在古埃及信仰中，亡灵在祭司亡灵书的引导下，经过奥西里斯的审判是可以复活重生的。

此赋以追悼无名氏亡灵的形式，对古埃及文明的没落予以哀歌。倒也别有情致。这些亡灵"假腐荧于鬼道，托巫舟于地宫。或登阿瓦隆之屿，瞻彼岸之莲庭；或归无何有之乡，抱魂宿之秘界。"但无论如何，只剩下"尘寰地迥，……墓画荒云"，引得作者怅然问道："众生零落，往生可接。古而今，今如是。来者何来，去者何去。"最后一句"彼何人斯"出自曹植《洛神赋》。

《后大哀赋》是出于对晚明天才诗人夏完淳敬仰所作。夏完淳写下著名的恢宏壮丽的《大哀赋》时不到十七岁，这使得同龄的作者不免有"我亦年华垂二九，头颅如许负英雄"（柳亚子诗）的喟叹。此赋以"野树北望，歌鸿南翔"起句，缓缓铺开一帧清军尚未南侵的江南风光以及少年完淳悠闲雅致的读猎生活画面。"掐撮三声以和鸣，焚净俗心；滚拂七二之急旋，照返泉林。"这种画面感极强的对句可能源于作者研习古琴多年的情感偏好，亦从一个侧面反映出夏完淳骨子里的"善其身、济天下"的士夫志向。而后铺排道："鳞镶夕阳，髻兮垂扁舟以绝尘；轩拥簇露，风乎咏舞雩而归春。"《论语·先进》中有孔子与弟子曾晳描摹的"莫春者，春服既成，冠者五六人，童子六七人，浴乎沂，风乎舞雩，咏而归"生动情景。夏完淳的老师是明诗殿军陈子龙，其七律"沉雄瑰丽"，堪称明七律翘首的《秋日杂感客吴中作十首》，既有杜少陵之"沉郁"，又有李义山之"伟丽"，其名句"丹枫锦树三秋丽，白雁黄云万里来""不信有天常似醉，最怜无地可埋忧"等，子龙称得上是明朝的大儒名士，在古典诗歌史上占有重要地位，因此这一段的铺陈并用舞雩台的典故也就颇为得当。

再由"一朝忘我，尘情已泯"的"真韵"转为"忽则朔漠扬胡尘以蔽空，虏弦逐早雁而鸣弓"的"东韵"，借此陡然一转并宕笔过渡到下一个层次，但出现的却是令人肠断的凄然画面。"早雁"之典故，出自杜牧之《早雁》："金河秋半虏弦开，云外惊飞四散哀。"想象鸿雁遭强虏射杀而四散，以此象征黎民遭入侵之敌涂炭的悲惨景象，"树魂纷离兮堕泪，花鬼恸哭兮长喑"。其中悲壮感人的是抗清志士的奋起一搏："清角雄劲，悲交风雨之声；大旗残照，伤曳家国之影。"这两句是由夏完淳《即事》"雄风清角劲，落日大旗明"名句化出，更是紧扣所咏其人其事，以豪宕俊爽的赋句抒之以无限的高亢悲歌。

"呜呼"句写作者凭吊松江夏完淳之墓的现实之景。"南来松江，野蔓抱殉将之墓；北越山外，断墙埋龙髯之俎"，然后以几种士林败类人物反衬夏完淳等抗清志士，可叹一个物欲横流的逐利世界，英雄的牺牲让后人忘记的未免太快，"渺峰云乱，不见圣儒之疆；丝道故往，唯余利谋之壤。"因此也只能是长歌当哭"抱琴挥弦与天地，为吾奇士一长歌"罢了。写本赋的前后，博约还写了一首七律《夜读夏完淳大哀赋即兴》，可作为此赋的平行参照来读。其中有"石存忠骨广原兀，霜裂残碑孤月铮；但著铁衣排世病，讵留败竹祸前明"的悲慨诗句，颔颈两联颇为工整沉郁，读之亦不禁为之恻然。

参考文献

［1］许结.辞赋文学风格论［J］.中国韵文学刊,2015,29（3）:
　　　70-77.

［2］王思豪.论赋心、赋迹理论的复奏与变奏［J］.文史哲,
　　　2014（1）: 87-92+167.

［3］葛洪.西京杂记（卷二）［M］.北京：中华书局，1985.

辑
三
　
辞
赋

登邺城赋

　　当昔邺城肇开，圣武横驰。北走紫塞[①]而锁燕蓟，南驰苍原而迤淮堤。临漳之水长流，太行之云低徊。鏖尘落，朔空澄，人理规。千江齐奏，碧浮龙虎双阙之太清；百林共春，花逐凤鸾高门之崔嵬[②]。

　　既而蛟渊退，河海晏，天公至。紫露沾羽，金霞散地。统寰宇之人灵，摄阴界之暴恣。厴耀决然之雍，臂拢奥宇之智。重瞳[③]若斗星之璨，素发似霞绮之魅。雄睨虚妄之端，肃述前生之寄。应命而归，顺时而遂。虔归永寂，志就恒始。一人之所负为万物所承，一人之所责为万类所罪。惜四世茅屋，悯百代余裔。华冠辇路埋芜，金杖殿宇终弃。天尊泯人之欲，盛誉成圣之继。

　　及至巍豪俊骨消散，天地风云变异。灵樽满盈，龙舟覆

---

①　晋崔豹《古今注·都邑》："秦筑长城，土色皆紫，汉塞亦然，故称紫塞焉。"南朝·宋·鲍照《芜城赋》："南驰苍梧涨海，北走紫塞雁门。"

②　曹植《铜雀台赋》："建高门之嵯峨兮，浮双阙乎太清。"

③　重瞳子。泛指帝王的眼睛。有时代称虞舜或项羽。唐李白《远别离》："或言尧幽囚，舜野死，九疑连绵皆相似，重瞳孤坟竟何是。"

逝。闪念崩乎显位，瞬眼息于威势。天叛之欺难恕，狐悲以死莫慰。二世之传竟亡，万年之基谁祀？

是以沧浪绝域而日落，蓝鲲狂癫；砥柱穷碧以月堕，黄蟒啸怒。兀崖翻，昏霾乱，雷轴滚①，雪宫倾，飓母②舞。疾刃惊骇电之闪，雨矢漫飞沙之雾；断剑投兮长浪掀，贲星坠兮大壑阻。于是搅冥河之混绫，披阁府之石铠，驱猎户之獒獟，掷潢洋之鳌柱。土崩则乾坤忽分两界，盾碎则寰宇骤裂万户。但见九域无光，四野同煮。八荒洪没，五境氲腐。紫辰相靡，白露构恶。苍苍庙棘，渺渺废亩。众灵飘离，群疆失驭。墨覆河泉之岸，血镶丹晖之裾。蚀骨散于庭荒，绣像湮于都芜。虫魅旋磷，阴阳之殊难辨；草魂泣窗，苍黎之告竟忤。

若夫六出奇花③扑地，百结衰草逐羽。雾袭瑶池之镜，泥封瀛洲之圃。碧溪碛枯，黍田颓芜。兽尽果疏，地裂阴吐。怪云作祟，暴豕哭鼠。草蛇魂复，厉鬼魔聚。未销夕血，欲崩崒兀。幢幢萤絮，凄凄豺语。茕茕兮霜魄，惨惨兮瀚宇。四运④兮维裂，九皋兮鹤去⑤。纵虺蜮以何生，窜城狐而无助。

---

① 宋欧阳修《栾城遇风效韩孟联句体》："电鞭时耆划，雷轴助喧轰。"

② 飓母，见唐李肇《唐国史补》（卷下）："飓风将至，则多虹蜺，名曰飓母。"

③ 雪花。唐乾康《赋残雪》："六出奇花已住开，郡城相次见楼台。时人莫把和泥看，一片飞从天上来。"

④ 四季。三国·魏·阮籍《大人先生传》："飘飖于四运，翻翱翔乎八隅。"晋·陆机《梁甫吟》："四运循环转，寒暑自相承。"

⑤ 《诗·小雅·鹤鸣》："鹤鸣于九皋，声闻于野。"毛传："皋，泽也。言身隐而名著也。"

悲累卵以谁怜，觉倒悬而徒惧。

　　哀哉！问邺之繁芜，三王之道，周而复始①，可得终乎？叹漳水无休，生若蜉蝣，岂不悲夫！愿得参军②笔助，为君登楼一赋③。

　　乱战纷兮兀龙冢，庙轩灭兮祭孤烟。

　　独钓兮伤大梦，两河兮醉荒原。

2018年2月18日

①　《史记·高祖本纪论》："三王之道若循环，终而复始。"

②　鲍照，南朝宋文学家，因曾任荆州刺史临海王刘子顼军府参军而被后人称为"鲍参军"。有《芜城赋》等。

③　王粲善属文，其诗赋为建安七子之冠，又与曹植并称"曹王"。代表作《登楼赋》。

吊司马太史公赋

古今一体，天地无分。狼燧醋鏖，武帝暴而难窥丹曦，纪星①退隐，士夫卑而漫待周始。李陵未降，遗庙堂、卷毡庐而绝乡，司马遭祸，膺斧斫、居蚕室而辱身。高辞传百三十篇②于名山，直笔诛三千年事之隐恶。弃微言而不留，遁四海岂有踪。骨砾未存，一祠荒没则斐炳史牒，文名永驻，九天云退而北杓③灼耀。

悲夫！屈子抱石于汨罗，为楚而取义，亡者何亡，项王赠首于乌水，笑沛之帝功，败者何败。功非当时之尊，名必传世之德。窃世者安在，盗名者谁觅。

---

① 岁星名。《史记·天官书》："岁星一曰摄提，曰重华，曰应星，曰纪星。"
② 《史记》计130篇。
③ 北斗星，天枢、天璇、天玑、天权组成为斗身，古曰魁；玉衡、开阳、摇光组成为斗柄，古曰杓。

乱曰：

迟速^①恨兮杳难数，道不明兮孰能晓。

孤星兮烁古，至人兮渺邈。

2017年12月

①　贾谊《鵩鸟赋》："天不可预虑兮，道不可预谋；迟速有命兮，焉识
其时。"

古埃及赋

维年月日，无名氏西去矣。祭主东来，谨以天地之英，朝夕之露，告卡纳克之太阳神庙曰：

前灵孰奠，苍天何赎。昔时尼罗没田，鼠蟆终日猥滥；鹏翼掠宅，人畜累月俱陨。九隼斩莘，荷鲁斯[①]之仇复；三鲶夺咒，美尼斯[②]之功颓。神坛起而金乌坠，风沙沉而岁月堕。

是以亡灵汲洪荒之烟霞，石椁殓冥古之朝露。乘神蛇而绝世，俯圣鹮而达情。假腐荧于鬼道，托巫舟于地宫。或登阿瓦隆[③]之屿，瞻彼岸之莲庭；或归无何有之乡[④]，抱魂宿之秘界。长啸则狼星明灭，微步则猫灵长喑。沉炎狱，闭幽河。

---

① 荷鲁斯（Horus），古埃及神话中法老的守护神，同时也是复仇之神。他是冥王奥西里斯和伊西斯的儿子。

② 美尼斯，约在公元前3100年征服下埃及，使整个埃及初步统一成一个国家，开创了古埃及第一王朝。

③ 阿瓦隆（Avalon）是亚瑟王传说中的重要岛屿，凯尔特神话的圣地，古老德鲁伊宗教的中心信仰。

④ 《庄子·逍遥游》："今子有大树，患其无用，何不树之于无何有之乡，广莫之野。"成玄英疏："无何有，犹无有也。莫，无也。谓宽旷无人之处，不问何物，悉皆无有，故曰无何有之乡也。"

著木乃伊之容，祈魂以存续；临诖拜特①之境，祝身以物化。

已矣哉！权衡八荒，败瓦尚在；金镶万殿，盛世何存。百代荣身，惜泥楔残文。一杯拢土，哀蜇魂断烟。铜瓦银檐，居复生者之欢处；硝瘠残垣，摄不劫魄之乐土。

况复尘寰地迥，猫鹰丧歌兮凄凄风语；墓画荒云，莎草②圣书③兮栩栩象形。三山倾崩，荒原凛霜鸦号；万众散消，帝谷枯躯灰扬。

漫恨金字塔之如旧，觉沧海事之已异。众生零落，往生可接。古而今，今如是。来者何来，去者何去。彼何人斯④？

2017年7月8日

---

① 制木乃伊在古埃及是一种社会风气。人死后被净化清洗过后，就送到叫"诖拜特"（意为纯洁之地）或"培尔—那非尔"（意为美丽之屋）的地方，完成香料的填充。

② 莎草纸（suō）是为古埃及人广泛采用的书写载体，它用当时盛产于尼罗河三角洲的纸莎草的茎制成。

③ 圣书字是古埃及象形文字的又一称呼。创始于公元前3000年埃及第一王朝，在公元425年后开始衰亡，目前仅存于古埃及的遗址中。

④ 曹植《洛神赋》：乃援御者而告之曰："尔有觌于彼者乎？彼何人斯？若此之艳也！"

后大哀赋

余虽自命知世实却常俗念惑心，弗能为寄。丁酉年十月读夏存古《大哀赋》，感斯人与余同年，其境界则较同龄迥乎远矣，爰作后大哀赋以舒郁怀。

野树北望，歌鸿南翔。菊映柳溏，雨缀珠窗。欸乃一声，蛙鸣数行。桧楫陶乐，蓑笠繁霜。驱禅心于万里，攘疴骨于九洋。遣钟鼎之不物，祈星枢而流光。

若夫遍野起寒夜之雨，漫江浮金鳞之汶。万峰耸翠，花馨余痕；一水接天，竹碧绕村。鳞镶夕阳，髯兮垂扁舟以绝尘；轩拥簇露，风乎咏舞雩①而归春。渔歌流彻，百鸟相吟；枫英舞罢，素琴缠音。摇撮三声以和鸣，焚净俗心；滚拂七二②之急旋，照返泉林。猎兔归但羡邻家之炊，采药还且访松茅之荫。兰棹任去，愿醉渔乡之欹；雀檐成列，未识金戈

---

① 《论语·先进》："（曾晳曰）暮春者，春服既成，冠者五六人，童子六七人，浴乎沂，风乎舞雩，咏而归。夫子喟然叹曰：吾与点也。"
② 古琴《流水》，最早见于明代朱权的《神奇秘谱》。清代张孔山对原来的琴曲进行加工，增加了许多"滚、拂、绰、注"的手法，模仿水流湍急的自然景象。人称"七十二滚拂流水"。

之嚻。四海为乐，碎雨长霖；一朝忘我，尘情已泯。

忽则朔漠扬胡尘以蔽空，弨弦逐早雁①而鸣弓。雁门云摧，函关雪覆；垄鼠何处，黎首无路。交短兵于牧野，策长驱于霄宇。倾塞云而九陌寒，激雷鼓而三军怒。风驱紫电，霜裂黄土。狼烟滚兮乡情断，白刃折兮恶肉羹。血袭兰溪散新尸，戈碎金甲崩铁骨。笳嘶万里凄久绝，士忠五帝魂无主；断矢满壑兮旌旗扑地，邻火余烬兮荒驿失旅。云根崩去妖氛侵，凤鸟栖远芳洲沉。生灵悬兮渺茫茫，野狗猖兮凄惶惶。树魂纷离兮堕泪，花鬼恸哭兮长喑。清角雄劲，悲交风雨之声；大旗残照，伤曳家国之影②。石人不语，杜宇不啼，识马不归，春风不度……

呜呼，吾临览斯地而独悲。见社稷余墟，川河有渡。叹风云旧色，日月新顾。且夫南来松江，野蔓抱殉将之墓；北越山外，断墙埋龙髯之俎。渺峰云乱，不见圣儒之疆；丝道故往，唯余利谋之壤。彼时家国变乱，士夫或觍颜乞降，或恨哭吞声，悲悔吁叹，或跂而长望，寝食难安也，或患其得失，徒伤忧怀，独倚斜栏，哀哭自悼。特如少年完淳者，千载百代，可几人乎？古今一体，岂不痛哉伤哉？且抱琴挥弦与日月，为吾奇士一长歌。歌曰：

---

① 杜牧《早雁》：金河秋半弨弦开，云外惊飞四散哀。仙掌月明孤影过，长门灯暗数声来。须知胡骑纷纷在，岂逐春风一一回？莫厌潇湘少人处，水多菰米岸莓苔。

② 明夏完淳《即事》："复楚情何极，亡秦气未平。雄风清角劲，落日大旗明。缟素酬家国，戈船决死生。胡笳千古恨，一片月临城。"

断木扑簌兮秋衰飒，楚霞明灭兮云有泪。

我欲携君兮登斯楼，碧空映荻兮寥无意。

君不见莽莽万山芜城西，淮水兮日夜流天地。

2018年11月

辑三　辞赋

爝火残生铭（并序）

初火尽，日成虚，嗣王去，夜留终。曾闻钟鸣，留孤影于篝火，今行悲路，寻无迹之薪王。

锈骨之徒散荒原，其苦尚知，故人已空余寒胃，几人曾悲。然灰瓶蒙尘，寒鸦失羽，孤蓬乱振，朽椟惊裂。衬枢忽开，蜇尸独醒。销残壁而草败，走麋鼯而新坟。千碑哀其无主，八方恐其未安。染深渊之恶血，英雄无魂，得雉门之归途，灰烬颠冥。

于是未知身世，疑执断剑，且听天言，复来空塔。既离遗处，见传火之齷座，欲承后事，归旧剑于遗骨。

墙高百丈，龙尸铺地，宫失双子，游魂祈天。北望聚贤之书库，南迎不死之群落。余闻之，荒城食人，愚者来则不复，深渊泣血，生灵恨而咸化。断崖留冷谷之异兽，玄门飘王女之轻纱。巨剑护翼亭于荒径，遗婴啼衰草于虚室，寻何路可无火，暮龙无鳞，漱月光之澄净，霜剑销魂。呜呼伤哉，瘥何人耶？

是地也，蝶巡四野，暗灵入无火之长空，雄战百年，空铠作孤桥之虎卫。骑士追流放之影，残像诉昔日之荣，然陋殿无人，木门长闭，时感冷寒透颓墙，唯有异乡挪病客。

古树悬尸，远塞祭火，深海未至，污淖新涌。行者断臂，巨狼衔剑，尸抛阡巷，名醒万世。石没断城而接日兮，离群者谁？血凝短刃于绝渊兮，复生者谁？七国共璟，一冠随葬。烽火砼淬，碎骨聚生。大墓空吊古，野尸卧遍销魂桥；老王徒抢地，景炎燎尽恶魔城。翳翳哉鬼神惨悴，凛凛乎同道成仇。

洞渐狭，光愈显，石墓之外，夜色忽现。玉虹溢彩，天河流光，碧烟簸荡，丹泉冥浮。霏雪净而埋故土，冷月明以惜离人。幻霭掩却，狴牢尚望古龙顶，业火寂灭，罪都怎寻风暴主。影落遗殿，盾弃无地，斩友于座前，旧盟犹在，刎颈于柱下，此恩不复。怨诅竟，枯骨耸，灰烬销，渡云飞。

怅望凛河如天，血蕊点岸，霜裹寒星，酒犹余温。高台悬戒，跪形抱耳。叛传火以寻高朋，长男无迹，散亲戚而离故土，银胄谁留？忆其万神同列，九州共朝，穿宫吞紫霞，浩气引极星。圣阳炽而耀浊世，雷枪动而战群龙。世已明，龙尽伏。神宴冷而觞倒，四骑成梦，初火微而炉寒，薪翁无归。旧宫唯见老匠死，余烬空悼百年多。

教宗前朝重臣，树神爱子。恨两界之祸乱，幽皇女于别塔，鸩暗月之病体，托重寄于圣贤。于是神祇见食，深海可期，孤月无依，惨日遥望。

且夫书库聚贤，诡爪封途，蜡池佑客，结晶蚀心。金翼唯存盾之纹，黑手但卫王之荣。古来英灵征苍鬈，今朝赘血浇地火。光柱万落似白日，离人一仰见暗环。呜呼！驻固垒于王城，活尸覆甲，留洛骑于重门，火弩如星。斧戟交而兜鍪碎，尸骨崩而旌旗灭。垂帘半掩，双子随幻，弃传火之业，洛城之民。不意灰烬猎王，承其旧志，空魂聚火，夺其微命。归五薪于旧座，现幽寂之暗厦。

呜呼噫嘻，残炉孤立。无铁骑永伴之胜状，无巨木环拱之陈迹。斜塔俯顷，削崖崩离，风卷残沙，土噬乱骨。幽影时现，哀声何断，荒城似遗处，五座无王薪，寒天催夜语，萤烛摇鬼眸。磴道尽而皋原出，碎垒迎而卧花惨。

千魂萦带，一身枯守。剑掀沉沙，矛冲暗环，激流漱魂，咒火焚天。薪翁势在，焦烂之骨翻残胄，长天阳灭，流离之人无乡国。然其千载言失，客死空待。极顶不没浮埃，聚所只缠棘蔓，初火萤而时闪，莫鼎孤而永镇。或曰：火之将熄，传之则哀苦无断，灭之则生灵尽殇，以此无魂之废身，决其古来之变数，呜呼，呜呼！

然昔先帝作咒、奇而述贤抗，追龙、月以寻了法。余虽位卑身贱，魂稀命薄，亦识谬世，知天数也。举浊酒以自酹，勾熙阳而独往，啸黑云而林震，引雷枪而山暗。天地翕合，古今共归，愚贤淹留，枭鸾惊飞，莫论成败，同指山河。故传之则犹延万民之祚命，灭之则可启一世之昌辰。此人神兽禽之大幸也，岂言悲乎！余故知新火之煜耀，新世之宏丽。鸿炉坐于环木，八蛇候其空门，盛炎炙灼，焦土厉响，喷暮穹而如猩血，爇旧庙而起霞宫。此天火也。然爝火之凄瑟，亦如众灵之残生，爝火之不灭，亦如吾辈之未屈。吾魂兮无求乎永生，竭尽兮人事之所能。今秉先帝之遗志，传以初火，待之后世，纵神灭身碎，岂有悔哉！

犹愿兮何日兽淹残梦，雪拥蝇巢。血刃凫分，冰镰旋舞。及环城既没，重障相隔，渔村湮芜，深海泱瀼，判官呼朋，箭雨迎客，蛟人成双，孤儿惨啸。前召教堂之枪，下埋破碎之刃。绿花发葛温薪王之遗像，父女远别，白卵销费连诺尔之幻身，昭代终尽。天雷但凋怨鬼，晚风空扫黄昏，夕阳铺散金霞坠，天河沉涌断鸿归。病鸦咸泣，野草窳朽。火净寰埏，神临赤月。一生死，泯恩仇。笔走黑魂血，万古成一画。

铭曰：

　　火微兮残生，月暗兮凝寒。

　　季世兮有尽，寐梦兮无边。

辑四　散文

大雅余音①

　　习古琴多年，自《秋风词》入门，我便一直思考何为古
琴正音。《琴操》载："伏羲作琴。"《诗经·郑风》也有"琴
瑟在御，莫不静好"之咏，说明自伏羲创琴至春秋之时古琴
已相当普遍。古琴初为五弦，故而魏晋人嵇康有"目送归鸿，
手挥五弦"的诗句。但那是指古琴的古老制式。及至"文王
拘而演周易"，为古琴增一弦，而后武王又添一弦，始称七弦
琴。添弦可能是觉得五弦并不能传达自己心曲之幽深吧。况
且，他们弹琴不仅仅为了雅好，还有更高层次的追求。当然，
真正将琴乐提升到大雅高度的则是孔子。孔子周游列国皆不
得用，见兰开于幽谷慨然道：今兰与野草杂处，犹如贤人鄙
夫为伍。遂自度《碣石调幽兰》，由曲及见圣人之境。夫子所
处时代已是礼崩乐坏，却"为而无所求"地整理诗、书、礼、
乐、春秋，以教化国人、振兴文化。"乐"置于这样的高度，
别的文明恐怕没有。

　　《左传》云："为之歌《大雅》。曰，广哉，熙熙乎。曲而

――――――――――
①　载《北方文学》2019年3月刊上。

辑四　散文

有体，其文王之德乎。"大雅可见圣人之象，因此古琴称得上
大雅正音。古琴传承数千年，至清末而式微，民国年间能弹
奏古琴的不过百余人而已，学琴者日稀，大音也若希，琴的
正音也就变得模糊不清。

古琴曲传下来有三千余首，一部分虽经后人整理恐也有
失原本样貌。琴谱记载指法超过千种，多已失传，今常用指
法仅几十种，例如"右手八法"的"抹、挑、勾、剔、打、
摘、擘、托"等。指法关乎风格，琴人或追求轻微淡雅，或
追求沉郁苍古，但轻微淡雅是行指轻盈、是节奏舒缓，还是
皆以泛音？沉郁苍古是弹得稳重、是感情激越，还是吟猱不
断？由于琴曲存续靠的是减字谱，这些风格式样并未记录下
来。《广陵散》既可弹得锋芒毕露，杀伐果决，又可以隐忍无
华，庄重沉稳，这便是聂政的幽心之体现。显然其隐忍深居
所改变的性格融入了曲中。当时战国人聂政，因韩王杀其父，
于是隐居修炼抚琴，作广陵散曲，入宫而奏，近韩王而杀之。
可以看出，聂政以琴为伴，"十步杀一人"，修炼自己的杀心，
借琴而大行其道。虽不见圣人之德贤者之境，却有剪除暴政
侠义之情的琴乐亦不能不为正音吧。

《欸乃》曲，其中有模拟船桨摇动之声，后人以为此曲
为民间船歌，又以为表现渔人劳动，但它令我深为感动，何
故？我以为此曲的意境更像是陶潜之所感："农人告余以春及，
将有事于西畴。"这是其表面的体现，然而其心中必然还有
"不封不树，日月遂过，匪贵前誉，孰重后歌，人生实难，死
如之何，呜呼哀哉"的壮志难酬的怆然。琴曲前半段轻松幽

奥西里斯的黎明

静，随后便是掐、撮、拨、刺，仿佛是不平之鸣，不难想象，作者看到了社会黑暗，自知功名无望，来至渔村隐居，回顾自己一生，才有了"匪贵前誉，孰重后歌"的浩叹，悲凉中带着些许慨然以及有所不甘的抗争。还有愁肠百结的《潇湘水云》、一唱三叹的《阳关三叠》、辽阔明净的《平沙落雁》、悠然自得的《鸥鹭忘机》、庄生晓梦般的《龙翔操》……一首首古曲，是不掺杂任何他物的灵魂浩歌，也是一代代先哲穿越时空的精神对话。这种士大夫千秋不变的情怀、这种忧国忧民的浩然正气所造就的如此壮美的丝弦史诗，岂不为大雅正音？

古琴魅力在于它的内美，也在于何人所弹所奏。苏东坡亦言"书以人贵"，琴何尝不是？这合乎周人强调圣人之德的礼乐法则。也是"斯是陋室，唯吾德馨"的道理。千年以来，不知多少有名无名者、不知有多少至贤至圣者，思垂古琴付之以血魄精魂，才使其正脉得以绵延不绝。古琴的璀璨恰在于它是历代先贤的伟大精神结晶，承载着文化之道。纵使万年过耳，后人听得琴曲犹能或悲泣沉吟或激扬高歌，这岂非大雅余音？对于那些奋力于承续正音的寂寂琴者而言，"虽千万人，吾往矣"。

2018年11月

历史的孤月^①

——探访一代枭雄、北齐开国皇帝高欢陵墓

趁国庆假期，我与父母于大雨之中连夜由京驾车长驱八百里前往河北邯郸探寻古迹。次日用半天时间凭吊了三国名城——邺城，即曹操建立魏国，以及高欢建立北齐的都城。这里有杜牧所赋"铜雀宫深锁二乔"的铜雀台遗址，令人在历史时空中一唱三叹。接着就马不停蹄地匆匆前往不远的磁县，寻找一代枭雄、北齐开国皇帝高欢的陵墓。

我一向喜欢幽僻的古迹以及寂寥的历史人物，高欢是这样，南北朝的历史亦然。出发之前我查阅不少文献资料知道磁县有北朝墓群，也就是高欢和他的子孙们的墓群，但来了之后才发觉找到高欢墓并不是一件容易的事。祖祖辈辈生活在这里的村民一直将北朝墓群当成传说中的"曹操七十二疑冢"，而对近年的考古发现全然不知晓。我们驱车在方圆几十里转了四五圈，才找到了东魏最后一个皇帝的陵墓，以及高欢的长子的陵墓，还有高欢的孙子——著名的兰陵王，也就

---

① 载《散文百家》2019年3月刊上。

是那位擅作军乐战舞的高长恭之墓。但是一直到夜色降临都没有找到高欢陵墓。最后又在铺满玉米秆的农地中行驶很久，才来到一个高大的土丘前，这时已是暮色苍苍了。

徒步向前，围着高丘走了半圈，只见四周是一望无际的玉米地，正是收割季节，时不时传来老农的吆喝声，在寂静的空间回荡，偶有微风吹过玉米叶，飒飒作响，仿佛四野埋伏着十万雄兵。一轮弯月孤独地悬挂在高丘的上方，显得格外高傲凄清。我和父亲定了定神，沿着树丛的蜿蜒山道，一步步向上攀爬，不时有夜鸟的叫声十分森人，好像是猫头鹰，它保护神一般兀立于山丘的枯树上，在手电光柱中，两眼扑朔闪烁。山顶上建着一个不知道祭祀何方神圣的土祠堂，有一个守庙人，并不知道他的脚下埋着一代枭雄。在高丘之上，我朝四周望去，孤月倾泻，夜色茫茫，碧野莽莽，仿佛都没入过去连绵不断的历史烟云中。

高欢自幼丧母，出身卑微。史书记载："齐神武（高欢）性深密高岸，终日俨然，人不能测。"高欢足智多谋，极具军政天赋，一直渴望武力统一中国，但在与西魏宇文泰的一次大决战中得了重病，出师未捷身先死。为使军心不致摇荡，高欢不顾病重之身，在露天大营召集诸将高唱敕勒歌："天苍苍，野茫茫，风吹草低见牛羊。"数十万将士士气为之振奋，也让这首民歌千古流传。歌尽人亡，一代枭雄高欢死后就葬于邺城西北漳水之畔。

"当年跃马几英雄，转手驱除霸业空。"高欢这位将汉人从异族的昏庸和暴政统治中拯救出来并开创历史的英雄，连同他的葬身之地，都湮灭在这片苍茫的田野之中，无人知道无人说起。但是他就像一轮孤独的历史弯月，他不会被历史忘记。是的，历史永远牢记那些开创历史的人！

2016年10月

奥西里斯的黎明

海螺声声①

　　记得那年中秋节，我和父母去渤海之滨的碣石山，也就是曹操写《观沧海》的地方，想感受"东临碣石，以观沧海"的意境。在那里我见到秋日的大海，以及一位值得一生尊敬的老奶奶。

　　下午时分我们一到海滨，就匆匆向渔民借来蟹笼子，去捉螃蟹。实际上，只需将下了诱饵的蟹笼子投到有礁石的岩石下，次日早晨捞出来，便有三三五五的拳头大小的螃蟹可以大快朵颐。一切就绪，我们在沙滩上等待海上生明月的壮景。晚霞映红海面，夕阳正要躲进山里。我正感到一丝凉意，忽然听到有人喊："月亮！"果然，月亮探出了硕大的脑袋，仿佛安详地在欣赏大海的咆哮，同时慷慨地在海面上洒下银色的月光。而正在退潮中的大海，波光粼粼，仿佛从空中俯瞰的万千白色骏马，跳跃、奔腾、折冲、迂回，不断变换身姿、不断变换阵型，时而消失、时而再现。

　　就这样我们吃着小吃欣赏着波澜壮阔的海景，浑然不觉

———————————

①　载《散文百家》2019年3月刊上。

辑
四

散
文

中，月光中走来一位老奶奶，恍惚间，我还以为是幻觉，因为她的相貌和衣衫实在和环境不相称。只见她的头发花白，脸上布满皱纹，身体弯曲着拄着拐杖，打着补丁的衣服沾着泥。她向我们推销捡来的海螺、贝壳，她说这些都是她亲手捡来的。她还对我说把耳朵放在海螺上，就可以听见大海的呼啸。我试了试，也不知是海浪的声音太大还是怎么的，根本就听不见她说的海浪的声音。

以后的两天我们在海滩总能遇见这位老奶奶，妈妈就从她那里买一些东西，贝壳、珍珠，还有煮玉米、煮花生什么的。一来二去熟悉了，她就和妈妈聊起家常，说她的丈夫在海上捕鱼时遇难了，那以后她就独自一人，在海边卖一些小商品过活。我听了心头一颤，但是说这话时老奶奶布满皱纹的眼角并没有泪花之类的渗出。可能像祥林嫂一样已经在无数次的倾诉中耗尽了伤悲。妈妈要多给她一些钱，可是老奶奶说什么也不要。我看着老奶奶蹒跚着走远了，枯萎的背影一点点地从我的视野中消失，融化在海边的月色中，心里有一丝说不出的难过滋味。

第二年中秋九月，我们一家又来到渤海之滨。看到一位中年阿姨卖小吃，妈妈就问："那个老奶奶呢？"这位中年阿姨叹息道："你说的是任老太太吧，那可真是一个好人也是一个可怜人，辛辛苦苦一辈子，省吃俭用的，政府的救济也不要，偏要做些零活。半年前老太太去捡贝壳，从礁石上滑到了海里，真不幸啊。"妈妈听了问："她这么大年纪为什么还要辛苦挣钱呢？"中年阿姨说："老太太去世后，大家才发现了一个秘密，原来她默默地资助了三名大学生。这些辛苦钱她都寄给了那些大学生。和她为邻好些年，都不知道这事，直到她去世，看了新闻才知道的。"

我听了这些话心里十分难受，看着大海在月色下翻涌不止，半天说不出话来。月光洒满的海水开始涨潮，海浪一阵阵地拍来，发出低沉的轰鸣，就好像古希腊神话中的海神波塞冬吹起海角，挥着三叉戟冲击着海岸，阵阵悲鸣中，巨大的浪花瞬息间将巍峨的礁石吞下去又吐了出来。在月光中我仿佛看到了老奶奶，她佝偻的身影变得一点点高大起来。这是一位多么令人尊敬的老奶奶啊。她的那种高尚品德，就像高塔的航灯令人仰之弥高。

老奶奶给我的那个海螺至今还摆在书架上。有一次我拿起它放在耳边，就像她教我的那样。奇怪的是，这回耳畔的海螺真的发出了大海呼啸声，其中还有一些神秘的力量和声音。当然，还有海浪的声声悲鸣。那以后，当我思念大海，当我想起那个中秋夜，我就会拿起那个海螺放在耳边倾听。这时我的眼前就会即刻浮现出那个海上明月，还有佝偻着身体、手拿海螺一步步走近的那位老奶奶。

2015年12月

辑四 散文

倾听幽兰①

　　紫霞琴馆窗台上的两株君子兰，在我学琴的几年一直陪伴我。我喜欢看着幽兰抚琴的那种感觉，毕竟古琴有三千多年的历史，制琴又讲究，琴长三尺六寸五分，代表一年三百六十五天。琴身有十三个徽位，代表一年十二个月及闰月。这些都和时间有关，可能在暗寓琴艺的精进与付出的时间是一致的。我用的是一把连珠式的仿唐琴，名曰"飞泉"，上面有冰裂纹，真是古色古香，美轮美奂。白居易诗云："丝桐合为琴，中有太古声。"果然，十指一触弦，泛音轻灵清越，散音沉着浑厚，按音或舒缓或激越或凝重，令人迷醉，简直叹为观止。所以过去一千五百多个日日夜夜我就这样反复练琴，在"宫、商、角、徵、羽"的曲谱中跋涉，在"托、擘、挑、抹、剔"的指法中徜徉，无数次手指磨破又长好，我为学琴牺牲了太多看电影、休息时间。"啪嗒，啪嗒"，古琴节拍器那万古不变的声音就这样每天不断击打我的耳膜。

　　然而我付出许多时间却仍遭受了重挫——在一次古琴比

① 载《散文百家》2019年3月刊上。原题为"那时花开"。

赛中发挥失常，没有得到好的名次。我无比失望，犹如心沉万年玄水，凄神寒骨，几年的寂寞琴凳，没有换来应有的掌声。手抚古琴岳山，看着指尖磨出老茧又被磨破，并且开始隐隐作痛，我机械地一遍遍练习着老师布置的琴曲，单调的节拍器声音将我淹没又淹没，世界就像不复存在。琴曲中的美妙意境，都抵不过初冬的彻骨寒风，满世界的枯叶散落、草木凄迷，天空也似愁云惨淡。那以后，曾经觉得美妙醉人的琴曲，仿佛弹棉花似的苦涩。从那以后，我没有看见琴馆窗台的君子兰开过。我不愿意再碰琴弦，时间转眼就是几个月。

有一天，我无意再次走过琴馆，里面飘来熟悉的曲子。哦，《碣石调幽兰》，相传孔子所作，借兰花之洁，颂君子之德。这首曲子点亮了我的耳朵。我顺着琴声进去，抬眼看见一位学姐在安静地坐在琴前，长睫微微紧闭，十指翩翩起舞，浑然不觉地陶醉在龙穴悠然流出的一片秋景中。我也听得入迷，沉浸其中，琴馆古老家具、昏暗灯光，刹那间明亮起来，一个个高古的音符水彩般将单调的琴房变得多彩多姿起来，甚至幻化出一个七彩斑斓的世界。她起舞的手指就像兰花一样美好，虽然力道尚欠，却是那么感人肺腑，我听着听着开始感动，琴音仿佛花儿般清新动人。渐渐的，我的疲惫与这琴声一道潺潺流逝。我问这位学姐：为何能弹得这么好？

她笑笑说："音乐要靠心灵指引。当你感到琴曲的美好，就会拥有力量。"

"琴，不只是手指练习，是用心弹奏。当你将情感通过琴弦表达出来，传递给每个人，甚至传递给世界上任何地方的陌生人，那是一种心灵的沟通，它会超越语言和所有的隔阂。"她说。

她弹了一曲又一曲，直至夜色灌满了屋外的世界。"为我一挥手，如听万壑松。"她那一席话深深打动了我。不知何时，夕光已为西边的浓云镀上一层霞帔；不知何时，窗外树梢的残雪已悄然化去；不知何时，琴馆的那两株久不开放的君子兰已在坚韧中嫣然绽放。兰香那般沁人心脾，整个世界都仿佛被这花香所感染而春回大地。我见过绚丽如骄阳的夏日玫瑰，见过冷艳如冰川的天山雪莲，见过璀璨如黄金的秋日菊花，都没有琴馆兰花开得这般动人和傲然。

那以后古琴真的成为我生活的一部分，简直须臾不可分离。我学过的琴曲也由简单而复杂、由易懂而深奥。无论是"醉里挑灯看剑，梦回吹角连营"般壮怀激烈的《广陵散》，还是"二十四桥仍在，波心荡、冷月无声"般忧愁去国的《潇湘水云》；无论是"劝君更尽一杯酒，西出阳关无故人"般缠绵悱恻的《阳关三叠》，还是"落霞与孤鹜齐飞，秋水共长天一色"般辽阔明净的《平沙落雁》，"若无清风吹，香气为谁发"般悠然自得的《碣石调幽兰》……都能激荡我的内心。听那指尖起舞的高山流水，听那万古悠扬中的金戈铁马，听那三尺匣内的大江东去……空中回荡的不仅仅是一首首古曲，也是一代代先哲的精神对话，是源远流长的中华文明历史。这一首首流传千年的古曲，在我的琴房久久荡漾。有时如深谷幽兰，清香沁人心脾，有时如五彩蝴蝶，绚丽多姿。

无论忧烦还是高兴，我都愿意倾听它、弹奏他，尤其是万籁俱寂的夜晚，这琴声，上达天庭，下通幽冥，掌握着宇宙的和谐与均衡，让倾听的心灵一尘不染……这个属于我的世界，与历史相连、与大自然相拥，充满自由和向上。

后来我再也没有见到这位学姐，听说她得了渐冻症，不再能弹琴了。但她说的那些话，永远铭刻在我心里。

2017年2月

辑
四
散
文

95

蓑羽鹤的见证

孤高的尖峰，不可一世地兀立，犹如克洛诺斯的剑，冰冷地刺向低压的天穹，仿佛睥睨大地万物。那金弓之神，知趣地收起令人炫目的战车，疑惧地退隐一旁，只留下惨白的日光，若有若无的在澎湃的气流中瑟瑟发抖。

山的雄视激起了风雪的狂暴，它开始肆意地吞噬四周的一切，炫耀自己的强大、炫耀自己所拥有的毁灭一切生命的权力——连同天际的蔚蓝、走兽的爪痕、甚至是人类的踪迹。

珠穆朗玛峰！

距离峰顶一百米的地方，一个孤单的身影，在风雪中艰难地撑住自己的身体，一步一步趔趄地向前挪动。那个身影在一股强风袭后扑倒在地，接着又顽强地向前爬行。透过已经破裂的护目镜，他那布满血丝、深陷在爬满皱纹眼眶的两眼，射出顽强不息的目光。

此峰唯一存活的人。

在他身后三百米处被雪崩埋葬的帐篷、营地，朝夕相处的四位队友，以及一同相处的美好时光，已经崩塌进入另一个时空。

奥西里斯的黎明

猛然触到一个硬物，他用颤抖的手轻轻拂去上面厚厚的冰雪——数月未剪的胡须披在胸前，英俊的容颜还依稀残留一丝心有不甘的挣扎——如生似的动人，画境一般的安详。他干裂的嘴唇抽动几下，轻声呼唤着先行几日的队友名字。

　　快到了！血红的双眼透过斑驳的镜片，盯着那已触及天际的峰顶，那不可一世的众山之王。

　　七十米，

　　五十米，

　　三十米……

　　狂风袭来，掀起的雪渣铺天盖地的砸下。他缓缓地回过头来，看着那条无论如何努力都不听使唤的左腿——这是雪崩给他留下的印记。已经两天没有进食了，他的胃甚至没有力量痉挛。在饥馑、缺氧、疲惫一波波的袭击下，他时不时地堕入半昏半睡之中。在五光十色的幻境中，他感到身体轻盈，飘向虚空灵界。当他略微清醒，令他头晕目眩的雪光，在意识深处，不间断地打开一扇扇记忆的大门：家乡那甘冽的泉溪，母亲蒸好的香喷喷的玉米，朋友间无拘无束的豪饮，以及郊外暖暖的午后和风……他的眼眶湿润了。他再度晕厥，或者他已经意识不清，难以分辨梦与这个身处的世界，此岸与彼岸的世界边界如此模糊。

　　忽然，他感到一股清冽的空气夹杂着和煦的阳光，吹拂他的脖颈，他微微睁开双眼，看见碧透的天空，排列成v字队形的鸟群，宛如天外使者，徐徐而来。模模糊糊中，他似乎听见清脆的鹤鸣，啊，是蓑羽鹤。

他隐隐约约记起，这种名为蓑羽鹤的大鸟，能飞过九千米的高空，它的颈毛如同黑色的垂缨，叫声如同号角。在风中，有时它们就像飘摇失控的风筝，有时又像飞翔的箭矢……看，一排排不屈的神灵，再次借助强劲的气流向上振翅。它飞过，v字阵形仿佛一个巨大的胜利手势，一对又一对、密密匝匝地像一片灰色的云从地面直升向高天。这唯一的能够飞过珠穆朗玛峰的大鸟，用生命在和艰险抗争，它们坚信终将飞向珠峰的南边，那里有丰美的水草、自由无拘的宁静、远离食物匮乏及死亡威胁……在那里，就在那温暖而湿润的南坡它们将找到新的栖息家园。

这个历经万般苦难的青年，已憔悴的不成人形，如同垂暮之人，蜷缩在深深的积雪中，左手仍攥着鲜艳依然的国旗。任凭闪电，挟着震天撼地的雷声，劈在克罗诺斯剑刃一般的山峰之上。他浑身不住地抖动——不是因为狂风的呼啸，也不是因为暴雪的侵蚀、寒冷，而是因自己的信念激动。他想：可能我将永远留在峰顶，难返家园。但是，我将因此增加珠峰的高度。

风雪如故，群山如故，不知是几日，几月，几年，珠峰之巅收留了那位不惧死亡的攀登者。他安详的面容连同微笑，已经融入了苍穹。当手挽金弓的太阳神洒下的神光照耀后来的追梦者，见证了那一切的珠峰，还有蓑羽鹤，向他们叙说曾经见证的那一切，叙说人类的不屈和顽强，以及不朽的信念。

温暖之旅①

　　温暖于我而言就是书籍，在我的世界它是永恒之烛，照亮内心和梦想。自六岁发蒙，古今中外名著颇多涉猎：与荷马携手凭吊特洛伊古战场，与但丁同游中世纪"昏暗的森林"，与歌德一块感受浮士德之起伏跌宕人生，与托尔斯泰共同体会十九世纪欧洲的"战争与和平"，与大仲马及基督山伯爵一并历经九死一生的快意恩仇，与吴承恩默默注视西天取经路上的师徒四人历经九九八十一难，与罗贯中连同魏蜀吴三国的英雄们一并杀伐征战、笑傲沙场，探寻过吉尔伽美什眼中的巴比伦史诗之神鬼莫测，扣扣过摩柯衍那的古印度次大陆之光怪陆离——读书之旅使我温暖，使我陶醉、深思。

　　而让我心头时常荡漾暖意的，则来自维克多·雨果《悲惨世界》，书中弥漫着萧索、阴冷的"悲惨"，更流溢着人性之光芒，给人以温暖和希望。可怜的主人公冉阿让只因一块面包入狱19年，历经绝望的等待终于出狱，以为可以回归社会，却依旧被人辱骂、歧视。在极度饥饿和寒冷中遇到一位

---

① 载《青年文学家》2019年3月上旬刊。

主教，主教待他以仁慈，赠他衣食、供他住宿。第二天冉阿让不辞而别，还拿走了一袋银器，警察抓获了冉并带到主教面前对质，主教宽容地为冉圆谎，且赠送给他一对银烛台。当我读到此处，心头无限温暖，仿佛看到那对银烛台被点亮，温暖着身处黑暗和饥寒、渴求关爱和光明的人。

冉就是这样一位被银烛台照亮、温暖并走向光明的人。"天将降大任于斯人人也，必先苦其心志，劳其筋骨，饿其体肤，空乏其身，行拂乱其所为，所以动心忍性，增益其所不能。"几年之后，他凭借非凡能力成为巨富、当上市长，他把多年积累的财富送给那些穷苦人，做了许多善事。最感人至深的是救助芳汀和孤女珂赛特的那段。我的眼前总出现他带着小珂赛特穿过阴暗的小巷，在黑暗中走进一个修道院的画面。走过无数街道、无数河流，跨过数不清的火坑、污水沟，经历过战场和监狱，冉阿让——一个有同情心的苦役犯，一个行善的"恶人"，温和、乐于助人、仁慈、道德崇高，以德报怨，对仇人加以宽恕，以怜悯代替复仇，宁愿毁灭自己也愿成全他人，他的一生仿佛穿越但丁的地狱、炼狱，受尽人间苦难和折磨，却尽自己之所能"大庇天下寒士"，固然荒草深处只留下他的孤坟任凭雨打风吹，鲜有人记得，但他的侠骨柔情感人肺腑。

就这样，雨果用诗一般的笔触塑造了这样一个伟大的小人物，在此后的一个多世纪中感动和温暖了无数后人，给人以慰藉和希冀。那一年，我游历欧洲、参观布鲁塞尔的维克多·雨果的故居，充满无限崇敬。是的，带给世界每个人以温暖的不仅是阳光和炉火，还有文化和书籍，它是温暖人类精神世界的春天。

温暖，如寒夜之炉，如雪中之炭，如冬天将近的一缕春光，如迷路者蓦然所见的一柱灯塔，如杰克·伦敦《热爱生命》饥寒者的一顿饱餐，如"少年派"海上漂泊的一次救援……生命之旅中，每个人都需要温暖，不仅身体需要、心灵也需要温暖。但是，想一想，如果每个人都分享自己的热与光给他人，这个世界不就拥有永远的春天吗？

2016年11月

爷爷的兰花[①]

  没去探望爷爷已有一年多了，他爱种兰、爱画兰，他满屋子的兰花常常在我梦里盛开。记得初一那年暑假我去看他，临走他送我一小盆兰花说："好好学琴啊。花开时，我去听你弹琴。"

  这盆兰花，就放在我的琴前的窗台，只是一直没有开放。这是我学习古琴的第四个年头，我用的是一把连珠式的仿唐琴"飞瀑"。琴长三尺六寸五分，代表一年三百六十五天。琴身有十三个徽位，代表一年十二个月及闰月。上面有冰裂纹，真是古色古香，美轮美奂。白居易诗云："丝桐合为琴，中有太古声。"果然，十指一触弦，泛音轻灵清越，散音沉着浑厚，按音或舒缓或激越或凝重，令人迷醉，叹为观止。一千二百多个日日夜夜的苦练，在"宫、商、角、徵、羽"的曲谱中跋涉，在"托、擘、挑、抹、剔"的指法中徜徉，无数次手指磨破又长好，我为学琴牺牲了太多电影、看书，却遭受了重挫——在一次比赛中发挥失常，没有得到名

奥西里斯的黎明

[①] 载《山海经》2019年2月上旬刊。

次。我感觉如封如万年玄水，凄神寒骨，无比失望。我不愿意再碰琴弦，时间一晃就是一年。

去年我又去外地看望爷爷奶奶，爷爷九十多岁了，窗台上摆满兰花，有君子兰、墨兰等等，有鹅黄色的、有乳白色的，散发着淡淡幽香。屋子还挂满水墨兰花，爷爷画的那些兰花，也那么惟妙惟肖，仿佛微风吹拂兰草就会动。我问爷爷怎么做到的？爷爷说：每天坚持不懈的练习，当爷爷感到枯燥，就会听听你录给爷爷的那首古琴曲。哦，我给爷爷寄过古曲《碣石调幽兰》，咏兰花之高洁，相传孔子所作。

爷爷又说："音乐要靠心灵指引。当你感到琴曲的美好，你就会拥有力量，不会觉得苦累。"

回去以后，我再听琴、练琴，有了完全不一样的感觉："醉里挑灯看剑，梦回吹角连营"般壮怀激烈的《广陵散》、"二十四桥仍在，波心荡、冷月无声"般忧愁去国的《潇湘水云》、"劝君更尽一杯酒，西出阳关无故人"般缠绵悱恻的《阳关三叠》、"落霞与孤鹜齐飞，秋水共长天一色"般辽阔明净的《平沙落雁》，"若无清风吹，香气为谁发"般悠然自得的《碣石调幽兰》……弹奏一首首古老的琴曲，"如听万壑松"，在心中犹如花儿般怒放。

我发现窗台那盆久不开放的兰花，神奇地开了。兰香那般沁人心脾，整个世界都仿佛被这花香所感染而生机勃勃。我见过绚丽如骄阳的夏日玫瑰，见过冷艳如冰川的天山雪莲，见过璀璨如黄金的秋日菊花，都没有这兰花开的这般动人。因为这兰花有不同寻常的芬芳、有着不同以往的情感。循着兰花的香味，我就能看见爷爷在兰花丛中听着我弹的琴曲挥笔泼墨。

前不久，我打电话给爷爷，但是奶奶告诉我，大病一场后爷爷的听力视力都很糟，但是他为了激励我学琴，一直在坚持画兰花。听到这一席话，泪水一下模糊了我的视线，朦胧中我仿佛看到爷爷佝偻着身躯，艰难地作画，一股兰香般的温情在我胸中顿时化作无穷的想念和力量。

2015年12月

奥西里斯的黎明

曲心如月^①

——《广陵散》曲风之流变

　　《广陵散》又名《广陵止息》，为古琴之大操。《广陵散》流传至今，曲风自然是与时偕行、有所变化的。相传《广陵散》由春秋战国大刺客聂政所作，其曲慷慨激昂，气势宏伟。据《神奇秘谱》记载：韩王杀聂政之父，聂政行刺不成，自毁面容隐居山林，却遇名师教之以琴技，苦修数年学成而奏以韩王，曲罢起而杀之。由此推知，《广陵散》最初版本是围绕复仇主题展开的。《秘谱》中有关于"刺韩""冲冠""发怒""报剑"等内容的分段标题，是以"杀伐"为主旨的。曲风乃是"纷披灿烂，戈矛纵横"，中含不平，颇有杀气。就其身世看，曲中的情感更多是由愤怒到无助，再到处乱不惊的复杂变化过程。李祥霆先生说其为琴曲中唯一有戈矛杀伐气息者，是有史实依据的。

　　后有"竹林七贤"之一的嵇康，习得此曲。《太平广记》记载：嵇康夜里抚琴，神鬼为之感动，遂传之《广陵散》。这

---

① 载《长江丛刊》2019年2月下。

个"目送归鸿，手挥五弦"的嵇康从此日夜研习此曲。但生于乱世无以报家国，因此曲中始终弥漫着文人伤怀和抗争之气，是故《广陵散》的大序以及结尾与原曲风尤为不和谐，颇有一种哀哉自悼之感，后人猜度这一部分可能出自其手。《晋书·嵇康传》这样记载：嵇康遭谗被害，临刑索琴弹之，曰《广陵散》于今绝矣。《神奇秘谱》则记载着另一个版本：嵇康夜奏《广陵散》为其侄所闻，于窗外秘记谱，遂得以传焉。后由隋朝皇室收谱。到明代，朱权以其皇子权位，获取《广陵散》原谱，录于《神奇秘谱》，也就是今天的减字谱。这之后《广陵散》从一首刺客复仇曲，演化为了一首文人咏怀之曲，由此发生了音乐风格的质变。某种意义上，也增强了其接受的广泛程度。

《广陵散》在清代曾绝响一时，后由著名古琴家管平湖先生根据《神奇秘谱》所载曲调进行了整理、打谱，使这首古琴曲重回人间。平湖老人是九嶷山人杨时百之徒，自幼潜研古琴，然而清朝灭亡，家境破败，居无所安，其个人经历背景和际遇也就必然地影响了曲风。所以今天的《广陵散》中，既有平湖老人提倡的"中正平和"之风，还另有一种杜甫诗律的沉郁顿挫、阔大雄浑。

"丝桐合为琴，中有太古声。"同一首琴曲能奏出迥异的风格。十指一触琴弦，便可感受泛音的轻灵清越、散音的沉着浑厚、按音或舒缓或清越或凝重，随着指尖起舞可听到那万古悠扬中的金戈铁马，以及那三尺匣内的大江东去……因此《广陵散》既可弹得锋芒毕露，杀伐果决，又可以隐忍无华，庄重沉稳，或激越雄狂，或沉郁苍古。个性迥异的琴家呈现不一样的琴曲风格。

变的是曲风，不变的是曲心。《广陵散》曲风流布两千余年，我们虽难以窥探其原貌，但能感受到历代圣贤大家思想情感之精华凝聚。而《广陵散》几次大的曲风折变也都与乱世相关，尽管曲风千变万化，其精神内核即不畏强暴的奋起抗争，却是始终未变的。这恐怕就是类似司马相如所说辞赋之"赋心"、扬雄所说诗歌之"诗心"吧。在绵延不绝的中华文化余脉中熠熠生辉的这曲心，宛如姣姣之月，无论怎样的阴晴圆缺，终究是亘古不变的高悬于九天之上。

2019年1月1日

过故乡^①

人总是在不经意间与某些东西产生共鸣。像"明月出天山，苍茫云海间","大漠孤烟直，长河落日圆"，抑或是"落日照大旗，马鸣风萧萧"那种辽阔空旷、苍茫寂寥的意境，就常在我内心震颤。细寻起来，大概就是故乡留在我身上的记号作用吧。

我的故乡在祖国最西北的新疆。那里的美不同于江南的钟灵神秀，不同于京都的繁华锦绣，不同于中原的紫尘阡陌、绿水城郭。沙漠、戈壁、雪山，是他浑厚、粗犷、苍劲的名字。塔克拉玛干和古尔班通古特两个大沙漠南北间覆盖，昆仑、天山、阿勒泰三座雪山东西向横贯。你能想象开天辟地之初，太阳神羲和驾驭六龙驶过这片金沙的海洋，遗留下无尽光焰在酷暑中冷酷地燃烧。一阵阵烈风从碧空掠过，你会看见层层流金的浪花泛起，远处隆起的无数小沙丘也会在天地之间流转，偶露出金与蓝、光与影的天际线。忽然，天空会出现不知哪个时空的景观，这就是与梦交织的蜃景。你不

① 载《长江丛刊》2019年2月下。

禁赞叹：沙漠之景真如梦幻。她是美的，但美的过于虚幻，甚至近乎恐怖。

如果把沙漠当成一种故乡记号，那就大错特错了。因为戈壁与它不一样。在一些游客的眼里，戈壁可以说是毫无美感，不管在什么天气下都是那般地荒芜，似乎夏之翠绿，秋之苍黄都与它无关。戈壁是几乎隔离了生命的世界。但是如果你走近了——甚至进入它的小世界，你会看见、听见，这里的生命也和外界一样，是那样地丰富多彩，那样的活泼富有生气。春天时凌乱的碎石中也会窜出鹅黄的新芽，干裂的岩隙还有飞来飞去的蜂虫，在太阳的照耀下，这雄浑到令人窒息的戈壁比那绚丽的梦幻般黄金沙海更加亲近、更加真实。也就是在那里，我见到了一簇簇披散于无垠旷野的带着紫穗的花。奶奶告诉我：那是红柳，生命力可强了，渴不死、烧不尽，六十多年前爷爷奶奶建设新疆时用它做柴生火，还用它搭屋避雨。那是一次偶然的机会我与父母途经新疆，这也是我幼年离疆后第一次返乡。我找到了记忆中真正的故乡符号。记得那是一个寒风凛冽的初秋，在那个晓露化霜的清晨，我写了首七律《回疆晚秋》："马踏积云天碧远，东来霜岭漫萧寥。老泉幽隐封胡语，朔野冥昏入角箫。漠风常拂汉冢草，沙暴时卷雪疆雕。长歌悲咽收英骨，西极柳红不易凋。"红柳，是我故乡的符号，它代表了新疆的狂放和不息的生命力。它既是某种情感和意义的载体，也是某种精神外化的呈现，另一方面它更是具有能被感知的一种生动的客观形态。在这之前，故乡对我来说是个非常遥远的存在。因为那是我前后加起来待了不足两个月的地方。我向来以为故乡一词与我没多大干系，在我看来，故乡只不过是躺在地图上或者写在书本里的陌生记号。然而我总是觉得她在我身上依然很深地留下了什么，只是微弱到我未能加以注意罢了。直到再次相见，被它神秘地激活。或许岁月会让故乡的符号变得抽象、甚至失去形体。但有些东西是融入血液中的、无法失去。我相信这是每个离乡的游子记忆里最真实、最亲近的骨骼中的原初之火。这就是故乡，每个人都有的故乡烙印。荀子说："过故乡，则必徘徊焉，鸣号焉，踯躅焉，踟蹰焉，然后能去之。"说的就是这个意思吧。

"坚持"是盏明灯

　　成功是每个人都向往的，怎样才能做到？很长时间这个问题都让我困惑，直到有一天有一件事情改变了我。在生活中，有些事情容易做到，有些事无法轻松做到，除非你咬紧牙关、坚持不懈。说实话，我对"坚持"这个词的真正理解来自一次游泳比赛。

　　小学五年级时，游泳教练认为我的游泳水平在同龄人中不错，就让我报了一个北京市的游泳比赛。比赛在"水立方"举行，这可是2008年奥运会的比赛场地，对我来说它是何等神圣啊！比赛这天又恰巧是我的十一岁生日。这意味着我生命的第十一年有一个了不起的开端。可能是晚上受凉的缘故，那天一大早起来我就觉得身体不舒服。到了"水立方"开始检录时，我心跳加快，感到头痛、想吐。妈妈看我很难受就说："不比了吧，身体要紧。"可我心想，要在"水立方"能够拿到奖牌，该是多么光荣呵！我哪儿听得进去妈妈的规劝？"不，我一定要比赛！"我坚持着说。妈妈看到我坚定的眼神，只好同意了。

　　比赛开始了，只听一声哨响，选手们一齐从跳台上飞下，而我竟然在头晕和恍惚中，跳水慢了半拍，一下就比别人落出十多米。水温也很不适应，只想打喷嚏，感觉血液都不流畅。我仰头一看，上面乌压压一片全是观众，我心中更加着急，头也因长时间憋气与剧烈运动而越发疼痛。只觉得一声轰然，大脑一片空白，这样的胡思乱想又拖慢了我的速度，发现两百米的距离我才游出五十米，要是在平时恐怕我都到终点了。我用眼角的余光看见已经有两个选手因体力不支上了岸，于是我竭尽全力、不顾头疼向前游去。身体越来越累、越来越重，头疼得像要裂开似的，心中闪过一念：上岸吧，不比了？这时心中又有一个声音说：不行，必须坚持，绝不能当懦夫！坚持，坚持，再坚持一下！最后二十米时，我隐约感到选手都上岸了，泳池只剩下我一个，而观众的喊声像雷声一般，一波一波的像是在为我呐喊、鼓劲。甚至听见有人喊我的名字，难道是妈妈？坚持坚持，要让所有人知道，我可以输了名次，但绝对不能输了勇气！最终，我咬牙游完了这"漫长的"两百米。

晚上我开始发烧，后来妈妈告诉我，说我梦话说的都是"坚持、坚持"！比赛我虽然没有拿上名次，但我没有失败，我是个真正的赢家！因为我在遇见困难时没有放弃，坚持让我超越了自己。从那时起，这以后不管遇到多么难的事情，我都会从这件事中吸取力量和信心。我也真正明白了一个道理，成功与坚持相伴，坚持是成功的好兄弟。记得有一个伟人说过：在人生的旅途中，不能迷失在黑暗的森林。是的，只有"坚持"这盏明灯，才能照耀我们走出黑暗的森林，找到光明的坦途，拥抱自己的梦想。

2015年6月

爱在伞中

在我的生活中，有些事就像海水冲过沙滩上的脚印，一点痕迹都留不下；有些事就像刚发生过的一样，每个画面都清晰地印在脑海中，比如妈妈给我送伞那件事。都过去好几年了，那把红红的伞还常常在我脑海晃来晃去，难以磨灭。

大概在刚上小学的时候，有一天妈妈生了重病，要我自己乘公交回家，那天的天空一副要下雨的样子，阴沉沉地耷拉着脸。早饭时妈妈嘱咐我带上雨伞，可那时的我做什么都丢三落四，出门时我竟然忘了。到了学校，抬头一看窗外，天更阴沉了，云沉甸甸的，像是要掉下来似的，树、操场、楼房也都蒙上了浓浓的雾。我才想起走得急没带伞，心想：惨了，今天回不了家了！天越来越黑，教室里不开灯就看不清黑板，只见一道耀眼的白光霎时间照亮了整个天空，随后一声闷雷响过，下雨了。

放学了，雨势丝毫不减弱，我站在教学楼内等啊等，同学们已经走完了，只剩下我一个人，又等了许久，天更黑了，雨更大了。这时我看见一个熟悉的身影打着一柄红色的伞，从雨雾中急匆匆地向我走来，啊，是妈妈！妈妈带着雨伞和

奥西里斯的黎明

外衣来接我了。我提着的心放下了既高兴又感动，心里暖暖的。妈妈走到我身边抱抱我说："等急了吧！"我感到妈妈的脸红扑扑的，好像十分疲惫。我也没有顾得问，就点了点头，穿上外衣，钻到妈妈的红伞下面，跟妈妈一起回家了。

后来我才知道，妈妈那天正在打"点滴"，病挺重的，因为接我受了风寒，回家后病情加重了，当晚就住进医院。那一刻，我无比感动，深深地感到了母爱的伟大。

曾经有老师问过我，什么是爱，那时的我说不出来，但是现在，我才发现爱是很具体的，爱就在伞中，就在我记忆的红伞中。并且每天都会在我身边发生。爱，就是妈妈晚上起来给你盖被子；爱，就是生病时妈妈为你端汤喂药；爱，就是在黑暗中妈妈领你前行；爱，就是无私、就是耐心、就是宽容；现在，我可以大声对那位老师说：母爱就是母亲在孩子需要帮助的时候，不顾自己为孩子所做的一切。这些虽然都不是什么惊天动地的大事，却依然被世人歌颂，也温暖着我们的心。

2014年10月

辑
四

散
文

西沙的神奇一周^①

那年暑假，我参加了一个名为"大航海时代"的野外生存训练营——前往西沙群岛。西沙群岛地处我国领海南端，一直是军事禁区，这两年才开放，据说有幸登岛的人加起来也不过几千人。我在上小学时就学过关于一篇文章，说它是南海的璀璨明珠。从报名那天起，我就对美丽而神秘的西沙充满无限向往。去之前我满脑子都是神奇西沙的一幅幅画面，连做梦都是西沙。一放假，我们训练营一行三十二人乘飞机到三亚，再乘"椰香公主"号万吨游轮——唯一可以通往西沙的船，在风敛浪静、一碧万顷的大海上梦一般地行进了十三小时，才来到西沙群岛，此时已是夜半。

早晨起来，我们便为登岛做准备，淡水、防蚊液、防晒霜等等。上了登陆小艇，我看见一只巨大的金鸟正从东边的海平面上升起，在燃烧中它的颜色渐渐地由金变红，四周的云霞也被染得火红。海水在阳光的照耀下，波光粼粼，像一块闪着光的墨玉，颜色那么深邃，毫无杂质。离岛越来越近，

———————————

① 载《青年文学家》2019年3月上旬刊。

海水越来越浅，水色也越来越淡，如果从空中向下看，一定像一块碧绿的翡翠裹着银色沙滩环绕的小岛。海水里的鱼、珊瑚、沙滩清澈可见。在岛上白色银粒一样的沙滩上，立着一块石碑，碑上写着——银屿岛。原来这就是传说中的银屿岛。岛上只有十几户渔民。据说很多年前这儿发现一艘古船，上面载满白银和数不清的银器，岛名就是这么来的。只是不知道这船是不是海盗的，这样一想，感觉它顿时成了斯蒂文生笔下充满冒险传奇的《金银岛》，随时可能发生一些光怪陆离的故事。

午饭后，我们又去了临近的鸭公岛。这座岛是经历数万年，在风吹雨打中堆积珊瑚而形成的，岛上的珊瑚数不胜数。在岛上，我们还进行了浮潜、冲浪运动，能看到了许多热带鱼，五颜六色的珊瑚以及海胆等海洋生物，伸手就能抓住，真是神奇极了，但是教练说许多海生物是有毒的再说得爱护大自然，想想就忍住了。而我们丰富多彩的野外生存训练，像爬树、冲浪、潜水、生火做饭、野外营救等等，却令人难以忘怀。

随后，我们在这个岛上进行了一项重要活动——升国旗。岛中央孤零零地矗立着一根十余米高的旗杆，在酷烈的海风吹拂下，已经有些斑驳。虽然渔民们每天都升旗，但他们的神情永远那么虔诚、神圣，我们和渔民们一起升旗，一起唱起国歌，阵阵海风吹来，把我们的歌声似乎传了很远很远，空中飞翔的海鸥都好像被吸引了，尖叫着回头在看我们。

在这片美丽的碧海蓝天下，一周时间一晃而过。走时在船上回头看见亲手升起的国旗，突然间有种莫名的激动。我在想：南海是祖国神圣领土的一部分，上面散布着群星般璀璨的岛屿，像西沙、南沙、中沙、东沙群岛，等等，它们自古以来就属于中国，不论周边那些邻国怎样窥视这些海洋和岛屿，但是寸土寸金，保卫祖国的决心和意志永不会动摇。

2015年11月

奥西里斯的黎明

那一刻，我很愤怒[①]

在我的生活中，快乐的事很多，而烦恼的事很少，更别说愤怒的事了，那简直没有。直到有一天，我才明白什么叫愤怒。

那年十一长假，我去了趟南京。这个著名的六朝古都，我向往已久。游览中山陵、明孝陵，还有秦淮河，体会那种"南朝六百八十寺，都在楼台烟雨中"的历史兴衰的怅恨。当南京的文物古迹看了个遍，感受到了中华文明的博大和灿烂。

随后，我们参观了南京大屠杀纪念馆。解说员告诉我们，1937年12月13日，日本人野蛮侵略了我们祖国，在占领南京之后，屠杀了三十万的中国人，其中有老人，也有孩子。这个纪念馆就是要提醒我们，永远不要忘记国耻！这个纪念馆的所在地，是当年侵华日军在南京屠杀中国人的遗址。这个气势恢宏的巨大建筑物是采用灰白色大理石垒砌而成的，十分庄严肃穆，里面有遗骨陈列、史料陈列等，都陈列着日本人在南京进行大屠杀的罪证。遗骨陈列室的外形就像个棺材，

辑四 散文

---

① 载《山海经》2019年2月上旬刊。

119

陈列着1985年建馆时从纪念馆下面的"万人坑"中挖出的部分遇难者遗骨。当我走进陈列室，有一种十分阴森当气氛扑面而来，令我不由地打了一个寒战，当我走近一具遗骨，从上向下看去，紧张的心都撞击到嗓子眼了，那个头颅骨竟然是一个可能只有六七岁孩子的！而且在头骨上有一个十多厘米长多铁钉，深深地刺穿了整个头骨。铁钉也已经生锈已经和遗骨、泥土长到一起了。我简直都不敢看，很显然他临死之前经受了惨无人道的折磨，一定是经历了无比的痛苦，也可以想象，他的爸爸、妈妈、兄弟姐妹，甚至是爷爷奶奶等遭受了毒手。这是多么可怕到景象啊，他只有那么小的年龄，本来应当在学校读书，可能他有很多爱好，喜欢音乐、绘画，等等，但是他却没有机会长大了。他的生命的年轮永远定格在这个年龄这个时间，他变成了泥土，没有了温度，没有了心跳，没有了笑声。就像一个很小的树苗，叫邪恶的人掐断了。我无法再想下去，感到揪心和悲痛。那一刻，我有一种从来没有过的愤怒。

　　我永远不会忘记那一刻。国家弱小就必然被欺负，从来都是如此，我们这一代要做的就是让我们国家强大起来，成为全球强国；我们能做的，就是努力学习，为中华崛起而努力学习。

2014年12月

奥
西
里
斯
的
黎
明

为鸟三日

　　我倾心于鸟的自由自在，时而振翅于九霄，时而徜徉于湖光碧波之中，时而鸣啭于无垠的旷野月光，时而又与闪电角逐于浩瀚的海洋之上。这种痴迷使我在某夜坠落于一个梦中、一个奇妙的难以述说的梦：我的灵魂不再属于自己，渐渐地漂浮于汹涌的黑暗。我睁开眼，发现自己已不是在家里，而是来到了涛声滚滚的森林中，我的手上长满了羽毛，脚变成了爪子——我变成了一只鹰。我在欣喜中默念道：伟大的鹰之神，荷鲁斯，你拥有至高无上的力量，请让我以你的形态并借你的眼睛体验和观察这个世界吧。哪怕只有三天。我站在入云的云杉枝上，努力适应这强壮的异形身体。我展开双翅，从树上跃下，这一次我只飞了五六米就摔到了地上。在风中我无法控制平衡；没有风的时候，我又无法起飞。我又试了几次，依然无法成功。可我不放弃，一次又一次试飞。

　　第二天，光明的出现让我不再疼痛，昨天的摔伤已经愈合。浑然之中我感受到羽翼的力量，以及双翼之下浩荡的风。我感觉身子不再那样沉重，似乎能够控制羽翼之下的强劲气流。我长啸一声，铺开巨大的翅膀，冲向了蓝天。我在飞，但我感到并没有动，就如同在画中看到的那种飞翔，因为我是在时间之中飞，无尽的时间以及无边的空间，带着风声向我的身后掠去。我飞过了森林，来到了一望无际的大草原。这片草原生机勃勃，开满十二种颜色的花朵，每一种花朵都在喷射着使人迷醉的芬芳。我屏住呼吸，生怕自己流连不返。这里看不到任何人类的痕迹，也看不到任何与文化相关的发生。这是一个史前世界。惊讶中我见到了许许多多的奇怪物种，翼龙、霸王龙，剑齿虎、猛犸象、始祖鸟等等，还有可能是自己的同类，我多么想和它们一起生活啊！可我只有三天，我还有很多的路要走，我还想飞得更远一点，飞过历史的迷雾看见更广阔的世界。

第三天，我飞出那大草原，历经墨绿色的北冥之界，有飞越与天交融的昆仑之巅，来到有人类发出声响的地方。这里雾蒙蒙的，看不见地上的东西，孟菲斯、美索不达米亚、印度次大陆、二里沟、良渚、三星堆……最后来到一个上看似熟悉的地方，各种画面，好像电影一般不断流动。忽然我看见一只巨鸟飞来，正暗自庆幸有伴了，却发现是一只黑色的铁鸟，发出鬼怪式的轰鸣，我知道我的不幸降临，我竟然来到了该死的20世纪，这个发生了两次世界大战死伤数千万人的时代。我再细看，原来是那个著名的B29轰炸机，它正携带核弹飞向广岛，只听一声呼啸，一颗核弹从我头上飞过，一道白光冲向九霄，我连忙闪开了，紧接着又听见下面的炮弹飞驰而去，整个天地再次陷入黑暗，我开始生活在核战争的惊恐中，在那之后没有了草原、森林，只有残忍的荒原兀

奥西里斯的黎明

立。于是我在心中祷祝：伟大的太阳神拉，你是光明，是一切物种的塑造者，每一天都带着新的光明战胜黑暗，让万物从混沌中走出，请给人类以新的光明与希望。突然间，黑暗退却，太阳神又以新的光明温暖了世界。我的灵魂又回到原有的身体，我欢呼自己在这样的噩梦中惊醒。我在想，不管是现在还是以后，没有战争就是幸福，永久和平是人类永远的期望。

2014年1月

老人①

　　自打我记事起，常能看见小区花园那棵老槐树下有个坐着轮椅的身影，他的怀里总是抱着一株苍翠欲滴的散发槐香的树枝。那是一个年过九旬的老人，只有一个保姆陪着他。老人脸色极度憔悴、苍老，头发、胡子花白稀落，在花园空地太阳下，终日不发一言。当高楼的阴影重重地投向他，他就仿佛一幅立体剪影。他枯老的指间，翡翠般的树枝就好像会发光，在他白色衣衫的映衬下显得格外醒目。有时他会怔怔地盯着看，有时会用鼻子闻一闻，偶尔喃喃几句，就好像这树枝会和人交流，好像他能够听见看见嗅见什么东西似的。随后他沉思，像是陷入了某个回忆的漩涡无法自拔。这时他泛着阳光的严肃的面容就会渐渐柔和起来，显得十分静穆。

　　在我的记忆中，老人应当是慈眉善目，宽容和蔼的，但他却永远是一副拒绝的神情，让孩子们有些怕他。待我稍大一些，或者是对他的高冷有些习惯，也就不再觉得他有什么可怕。有一回我看见他坐在那里，就伸手拔了几支蒲公英走

奥
西
里
斯
的
黎
明

① 载《长江丛刊》2019年2月下。

到他的跟前，当他抬眼看我，我冷不丁地一吹，飞絮扑向他的脸庞。他嘴角微微一颤，但那只是短促的一瞬，就像忽闪即灭的烛光，随后他又低头看着手中白花相映的树枝。他眼中深邃的悲戚掩隐了那微微的一丝笑意，就像一眼幽深的枯井上的石盖被短暂打开又永久地合上了。

后来听大人们说起，三年前他一家五口都在车祸中遇难了，独独留下了高龄的他。那之后他就再也没有了笑容。他每天都下楼晒太阳，然后带一束郁郁葱葱的树枝回家，就成为他生活的日常。我猜想，可能这是他每天悼念自己亲人的一种仪式吧。阳光和绿色是生命的象征，既然他热爱，说明他内心留恋生命。他的生命已是山坳里的一抹夕阳，对他来说，每一缕都珍贵无比。

在经历了一个大雪纷飞的严冬后，很长时间里都没有人看见这位老人。这个热闹的小区花园缺失了那张有些历色的面孔，以及他手中的绿枝、他的沉默寡言，好像失去了某种和生机有关的标识，变得暗哑了。在那株巨大的槐荫下，老人常坐的位置，时常有人去搁上几束树枝和花草什么的，就仿佛老人还会出现。久而久之，到秋天那里就变成了一个黄绿斑驳散发金属光泽的树冢，一有风过，就会发出铜箔般的飒飒响声。

2017年5月

辑四　散文

125

暴风雨之央

空旷的房间，弥漫着刺眼的金芒混合鱼腥的气味。黑胡桃木地板上堆满了小山般的金银器皿、珠玉宝石，与几十架油灯下交相辉映，编织梦一般绚烂的三千世界。当墙上金银丝交织的阿拉伯挂毯上坠着的玉珠颤动时，才令人想到这是在喜怒无常、世人畏惧的汪洋之上。

与门斜对的乌檀木桌前，留着辫成一束束的黑胡子男人——就像麦克维尔笔下的那位猎鲸的船长。他猛然站起来，颤抖的灯下，他的影子轰然胀开，瞬间仿佛充盈了整个房间。壮硕的长腿粗暴地撞开倾斜的椅子——这与任何一个连年出海的粗鲁的水手无异。沿着金银宝石"铮铮""玎玲""哐啷"声响中让出的小径，他大踏步地走向房门，钉着铁掌的皮靴，叩打着残破的地板。正当壮年，眼角已然有了皱纹，黑胡子上方的深邃的双眼还残留着几丝戾气，流露着当年的威严和冷酷。布满厚茧、十指带金的大手粗野地拽开铁门，强烈的白光顿时使人目眩地陷入了黑暗——与外面形成了完全不同的两个世界。

海风的嘈杂与水手粗犷的叫喊顿时涌入金光镶满的屋门。

那高大的身影在门口站立。在强光下，模糊的、黑色的背影，决绝地跨出了门槛。桌子上留有丑陋字迹的纸页和一架破败的海盗船模型，在海风的追逐下扑腾扑腾的抖动。

风暴正在前方的头顶迅速聚集，形成即将与海面连接的巨大的漏斗云，仿佛是要把大海吸干垂天巨蟒。在身旁一群水手的恭维问候中，黑胡子船长孤独地走向金银交错的古老船舵。眼中留下的苍凉、与海风一般，吹动着眼睑下茂密的黑胡子。

自由，金钱，明明已经得到了一切，明明已经主宰了海洋的一切，为什么却得不到内心的满足和宁静，为什么反而变得孤独如斯。曾经，那些和我一同亲密喝酒的伙伴……曾经，那些和我一同冒险抢劫的朋友……曾经，那些和我一同在海上飓风搏斗的伙伴……曾经，或许有过，但都已经离我远去了。在这孤寂中，此身何意？我的一切，尽得于此。我的心以及生死，都由这永恒的海来掌控。

大手转动着船舵。那么——巨大的身影上唯一闪亮的眼中尽显痴狂。那么，给我冲！惊雷般的一声令下，激起了船上的一阵阵混乱和此起彼伏的狂欢一般的叫嚣，在滔天的海浪中翻滚咆哮。

尾部雕有塔塔勒斯塞壬的鎏金巨船，迅速鼓起了漆黑的帆，一如当初远离家园寻找自由和新的彼岸，没有留恋，无所畏惧，仿佛只有在那不可企及的远方，才有灵魂的宁静——那船，剑一般刺向黑暗深处、莫测的暴风雨之央……

辑四 散文

影

——访鲁迅故居

初来志成的我，无意中走入一所校内的老宅院，使我在此，像找到了精神归处。

那天狂风卷携着如絮的碎雨，将天空与灰瓦洗得更加深沉。正是夏末初秋的季节，四方草木也失去了往时的青嫩，在风雨中变得凝重，天地寂然。风，只吹得伞吼出嘶嘶声，我索性收起伞，将自己完全暴露在苍黑色的天穹下，雨的清冽，风的寒厉，在这无人的空园中，仿佛只属于我。我张开双臂，信步漫游，回过神来，已经进了一座大院。院中内门上清晰地写着"周氏兄弟故居"。

鲁迅先生故处？我记不清当时的想法，因为先生给过我们多少东西，很难说不清楚。此时巧遇，岂非天赐。我突然意识到这里的一切竟是那么和谐，阴冷的天，灰暗的雨，易主的院，失意的人。院墙低矮，却好像匡起了一个世界。余光中说冷雨是女性，应该最富于感性。然而我面前的冷雨却如刀枪剑戟，如魑魅魍魉，泛着一圈幽幽的寒光，从高空中长啸扑下。

"我不过一个影，要别你消失于黑暗之间了……""我将用无所为和沉默乞讨，我至少将得到虚无……"读先生的文章向来得不到什么结论与慰藉，往往只是一种黑暗的寂寥，拷问、震慑着后世凡人。在失意的夜中捧起《野草》的人，不经意间翻开哪一页，他看到了黑暗，以及黑暗中的异客，倏忽间烈火点燃万里的杂草，荒原与寒天被焊在一起，无边的氤氲烧成一切的主宰。然而黑暗的异客站在光与火的焦点，张开双臂，昂起模糊的头，燃出黑色的火。他不知这代表什么，只是这身披黑火的人，让他看到了光。

　　"绝望之为虚妄，正与希望相同！"身在雨中，身在先生的故处，天地依然沉静。我收起思绪，看着新修缮的古墙，红色的梁柱早已殷红如血，漆面虽不甚平整，却也能遮住下面的百年，灰色的石阶和瓦片就如天空一样，被洗地沉郁，亦是新若无垢，不见旧迹。

　　然而我看见了腐朽，隐藏在朱漆碎雨之下的意识正在苏醒。狭径幽短，旁覆杂草，野蔓斜卧，枯潭映日，古宅睁开双眼，回溯腐朽。然而我爱这腐朽。

　　小学时初读鲁迅先生的《故事新编》，觉得新奇便一气读下去，《铸剑》一篇尤为喜爱，现在想想那时只是把聂政的形象代入进去罢了。但我也正因此对先生的文章有了些许期待，看那冷峻又颇傲然的笔触多了几分好感。多年后老师讲墨子时提到铸剑中的黑衣人，我方才意识到那其实就是先生自己，身形黑瘦，面容干瘪，一袭黑衣，而五官与神情皆模糊不清，将自己隐在黑暗里。

辑四 散文

及至初中，我接触到了先生第一篇散文诗《雪》。我开始模糊地意识到，先生写雪，也写人。南国滋润美艳的雪，是孩童之欢处，朔方如沙聚散的雪，是"苍翠的英灵"，雪如沙，决不粘连，人如沙，行无归所。

"是的，那是孤独的雪，是死掉的雨，是雨的精魂。"我终于看到了孤独，那是一种舍弃，一种诀别。那是斗者救赎的孤独。离开世间纷扰的凡尘，前方黑暗的路上，空无一人。

我听到雨似乎下得小了，敲打在一排排新瓦上，凄切又柔和，仔细听，那句句昏冥的韵律，咏着贯通人世与自然的诗。雨滴汇集，离散，汇集，离散，像极了人。不知哪一天，他们会变成雪，随寒风如沙尘四散，回到无地，他们铸成北国的死魂。

"希望是本无所谓有，无所谓无的。这正如地上的路；其实地上本没有路，走的人多了，也便成了路。"我寻短径出了前院，门前苍郁，不见枯草。天空依然昏暗，也无雷鸣电闪，只是低矮地压着，决不显露日月星辰。远方是高楼林立。在先生院中突兀地生有一株树。那树简直落尽了叶子，只剩枯枝，在低矮的苍郁中显的丑陋，而最长的几根杆子，却犹刺入惨黯的天空。我悲哀，欣喜。我深知那绝非枣树，因为枣树已经倒下，然而还有树未死。

我仿佛在荒原上看到另一株树，枯枝若铁，上有皮伤。

那是流落人之子梦中孤独的幻影。

奥西里斯的黎明

拒绝清零

若无现在，若无此刻，那天边被驱逐的恶灵，又怎
会异于我们？

——题记

我们生活在过去与未来筑起的时间轴之间。生活不如意
者、有所郁结者、壮志未竟者、在明暗之际找不到容身之所
的人们，只把希望寄托于未来，将失望埋藏于过往。这并非
太史公所云"述往事思来者"之"往事"。太史公的历史之
轴，既无起始也无结束。而前述之辈，手里攥住可爱的希望，
遥望梦幻秀美的未来，如果有机会，大多会选择抹杀过去，
玩起重新开始的游戏于过去彻底"清零"。

我认为"清零"，代表了人生态度，只有是与否之分；至
于"选择性清零"和"全部清零"，不过是程度问题罢了。究
其因并无二致。那些选择清零的人啊，他们用自己圣洁的双
手，拿起长镰肆意挥舞，在记忆与现状的麦田，划下罪恶而
丑陋的伤痕。他们鄙视、辱骂、大声狂笑、毁灭过往——完
全是基于未来和希望。他们如此渴望、如此趋之若鹜的未来，
他们以为清零就能重新开始，这将他们引向了塔塔洛斯漆黑

的深渊——沦为历史虚无的走卒。这些清零者、这些自命不凡的圣贤、寄命未来的奴隶、希望的愚妄者，他们将一切寄托于百万光年之外的明天。他们背叛，背叛了亲人朋友，以及比这二者更亲近、原本将一直陪伴他们的见识与记忆。他们毫无顾忌，以为选择了清零，一切可以重新开始、一切可以美好如初，仿佛自己的过往竟是如此可悲。他们不明白，所谓的清零，只是清除了自我的一部分，"过往"只是镶嵌其上罢了。

拒绝清零者又如何呢？是没有意识到曾经的悲哀，还是看不见希望与未来的阆苑？这些拒绝清零者是最清醒的也是最悲哀的。"悟已往之不谏，知来者之可追"。他们意识到所有一切的非理性，但仍能看到前面遥遥升起的旭日。这正是他们的可敬与力量所在。他们接受的是最黑暗的过往，却并不拒绝可亲的未来。他们接受过往，是因为过往凝结成了今天。他们的拒绝，只是那种虚空的、梦都无法触摸到的未来。他们所知晓所掌握的，唯有"现在"而已。就像叔本华所说：没有人生活在"过去"，也没有人生活在"未来"，"现在"是生命确实占有的唯一形态。就这样，他们在远方的荒原苦苦挣扎。盛阳下，粗粝的沙石磨破了脚掌。秃鹫与豺狗撕裂了干柴般的双腿。他们用手爬，靠仅剩的上身蠕动，地上满是鲜血。他们四下看看，继续咬牙爬行，体无完肤，汗与血糊在整张扭曲的脸上。粘土的血痕是他们留下的铭文。他们追随在那荒原上的反抗者。他们渴望爱，却最终接受一切苦难。在他们心中，那荒原尽头有着无边的安宁、有着银装的月华、有着青春的神祇。终于在某个漆黑的夜晚，拒绝清零者在痛苦中颤抖，脸色渐渐和缓——他们面前的是一座风化的古碑，碑上无字，远方天际线还在延续。他们明白，这是他们所知所做、所能把握的唯一未来。这里没有安宁，没有月华，没有神祇，这里只有他们可敬的不朽前辈。他们匍匐在苦难中，身后拖着长长的血痕，身边的土中还埋有不知哪一年的血迹。他们拒绝虚空的希望，选择接受自己的一切及过往。因为他们知道，这"过往"中有孕育未来的积淀和养料。在这无声的反抗中，他们终将获胜。因为他们选择了现在、选择了当下，那是真正的未来之始。

永远陪伴的我们只有见识与记忆。在远方的漂泊中，又怎忍心将它清零呢？鲁迅先生说：希望是无所谓有，也是无所谓无的。他后面还有一句话：绝望之为虚妄，正与希望相同。无视虚空的希望，绝不等于绝望。那些拒绝清零者，只是不想将生命寄托于虚无缥缈的未来。他们将一切放在了"现在"这一点上，因为他们所能决定的唯有"现在"而已矣！正是这苦难与无力感造就了凡人的史诗。人类与神明在这一刻重合了：上帝死了，只留下人，他们就是自己的神明。

我当然不会选择清零，只因那曾经的见识与记忆与我如此亲近，也因未来和希望不过是虚诞，我不愿意去那"黄金世界"。我选择此刻而非彼时，选择足下之行而非以梦为马，选择用双腿开启"来者"之门。

辑四　散文

辑五　论文

试论史诗《吉尔伽美什》的生命哲学意蕴①

【摘要】史诗《吉尔伽美什》中对生命和死亡的思考，包含着朴素的生命哲学意义。恩启都之死引发吉尔伽美什对长生不死的追求，是对神所规定的命运的一种反抗，这种反抗是史诗中人本主义英雄思想的放大，折射出苏美尔人重视今生而非来世，以及渴望通过建立不朽之功业超越死亡实现精神不死的生命意识。其中所包含的意义在当下仍具有积极的现实价值。

【关键词】苏美尔人；生命哲学；重今生轻来世

《吉尔伽美什》是人类最古老的史诗。自1872年乔治·史密斯在尼尼微宫殿遗址中发现洪水泥板，至二十世纪初楔形文字被破译，人们才真正认识到这部三千年前产生于苏美尔时期第三乌尔王朝文学奇迹。《吉尔伽美什》是古代美索不达米亚最伟大的文学作品。史诗的主人公吉尔伽美什是公元前

辑五　论文

三千年代初期乌鲁克城邦的国王，是一个真实的历史人物。[1]
"由英雄与太阳、人生宿命与宇宙节律之间的巧妙对应所形成
的整体艺术结构使这部古老史诗赋有了独特的美学价值，成
为古代文学中一大奇观。"[2] 由于史诗发生地美索不达米亚平
原长期战乱频繁，使得古代苏美尔人对堪称人类永恒思考尤
为关注：如何认识死亡？生命能否再生？人能否获得永生？
如何认识命运？人能否改变自己的命运？[3] 史诗中的英雄吉
尔伽美什（Gilgames）的悲剧体现了文明早期人类探寻生命
之谜的勇气，而吉尔伽美什对长生不死的追寻展现了两河流
域先民对永生的渴望，这也是人类对生死谜题探索的一个缩
影。[4] 在《吉尔伽美什》中苏美尔人通过历史上这位国王的
经历和遭遇，试图解读上述这些生命哲学问题。

（一）觉醒：挣脱神的束缚

《吉尔伽美什》是一部英雄史诗。《大不列颠百科全书》
第六卷对"史诗"的定义为：文体庄严，歌颂英雄事迹的长
篇叙事诗，涉及重大历史，民族，宗教或传说主题。史诗的
主体是英雄。吉尔伽美什因此被描写为："大力神「塑成了」
他的形态，天神舍马什授予他俊美的面庞，阿达特赐给他堂
堂风采，诸大神使吉尔伽美什姿容「秀逸」……"[5]（《吉尔
伽美什》，第16页）

公元前3000年前后，吉尔伽美什的神话传说就在苏美尔
人中广为流传。相传其母为苏美尔神祇宁孙。在苏美尔人看

来，人是神所创造的，人之所以被赋予生命是为了能在尘世中实现上天诸神的意愿。比如，神创造了吉尔伽美什，又创造出了可以与其匹敌的恩启都；天神恩利尔（Enlil）为了"使那些要进入森林的人胆怯止步"而创造杉妖芬巴巴（《吉尔伽美什》，第29页）；由于人类的吵闹打扰了神的睡眠，所以诸神决定降下大洪水毁灭人类；乌特纳庇什提牟之所以能成为神籍和他对神的虔诚供奉有关。苏美尔人认为神决定着世间的万事万物，包括吉尔伽美什在内的所有人的活动要遵从神意。

史诗描述吉尔伽美什道："他三分之二是神，三分之一是人。"（《吉尔伽美什》，第29页）从这一点来说，吉尔伽美什是"神人"同体的，他身上既有神性也有人性。[6]不管是他修筑城墙，暴虐统治，还是击败怪人芬巴巴，毁灭天牛，史诗中的吉尔伽美什、这位半神英雄所被强调的好像有其超人的一面，也就是他的"神性"。这是苏美尔人对肩负使命的国王以及英雄的认识。

然而神终究是神，人类需要一种以人为主体的神，英雄就这样诞生了。英雄之所以是英雄，是因为他们有着超人的能力，能够完成普通凡人达不到的事情。自吉尔伽美什与恩奇都较量后，两人都发生了某些变化，恩奇都褪去了野蛮与兽性，而吉尔伽美什则多了一份成熟与稳重，开始为百姓造福，这是人性的复苏。及至恩奇都死后，困扰着吉尔伽美什的一个可怕的主题：死亡。这一认识，便是区分神与人的重要之处。乌特那庇什提牟获得永生的方法就是成神，只有神是永恒的、不死的。当吉尔伽美什意识到生命的渺小而想去珍惜、追寻时——不论他有什么样强悍的神性——他已是一位凡人。当然他更是一位英雄，承载着百姓期望，踏上了探求生命之谜路途，不论成败，他的所作所为都是永恒的。

（二）抗争：探寻长生不死之秘

史诗的后半部，由于吉尔伽美什拒绝了女神伊什塔尔的求爱并杀死天牛得罪天神，众神决定惩罚胆敢挑战神的权威的吉尔伽美什和恩启都，"他们当中必须死一个"，于是恩启都在一个梦的预示后死去。亚里士多德在《诗学》中谈道：史诗的成分也应和悲剧的相同，必须有"突转""发现"与苦难。[7] 至此，史诗叙事出现了"突转"：吉尔伽美什认识到死亡的不可避免的强烈震撼，从而意识到人和神的界限。史诗从第七块泥板以后转入吉尔伽美什对死亡的感受和思索，以及他如何走遍天涯去寻找永生的秘密，力求像自己的先祖乌特那庇什提牟那样获得永生。

（1）**吉尔伽美什对死亡的恐惧**。吉尔伽美什作为"半神"这样的存在仿佛是从不担心自己会像人类那样生老病死的，然而恩奇都这位与他同样强大，同样高贵的生命的逝去，让他感受到死亡的恐惧，至此对于生命及死亡有了新的认识，意识到强如天牛，也终有一死。但他不甘心，作为乌鲁克的王，作为女神宁孙之子，他不能那样可怜的、不伴有荣耀的死去。所以他踏上了探求生命的道路。这是一种反抗，一种对已知命运的反抗，由此体现出了古代苏美尔人对于死亡的恐惧与思考。"于是，他把他的朋友，像新嫁娘似的用薄布蒙罩。他就像狮子一样高声吼叫，就像被夺走子狮的母狮不差分毫。他在［朋友］跟前不停地徘徊，一边［把毛发］拔弃散掉，一边扯去、摔碎［身上］佩戴的各种珍宝。"（《吉尔伽美什》，第78页）"我的死，也将和恩启都一样，悲痛浸入我的内心，我怀着死的恐惧，在原野徜徉。"（《吉尔伽美什》，第80页）

也是后文的起因。正是恩奇都之死（第八块泥板），吉尔伽美什意识到死亡的不可抗拒性的震撼。对于恐惧毫无概念的吉尔伽美什在死亡面前束手无策，他被从内心涌上的恐惧感密密实实的包裹了起来。在苏美尔人看来，地下世界充满了可怖的黑暗、荒凉与虚无。[8]

（2）吉尔伽美什踏上找寻长生之路。 在他踏上旅程之初，海岸女巫告诉他人之生死早已天定，劝他享受眼前生活，放弃追寻不死。然而吉尔伽美什拒绝了他，执意去向人类始祖乌特那庇什提牟问询。

最终他找到了远古大洪水的幸存者、先祖神乌特那庇什提牟与其妻子。乌特纳庇什提牟说，在大洪水后——"为了祝福，他（恩利尔）来到我们中间，摸着我的前额：乌特纳庇什提牟直到今天仅仅是个凡人，从现在起他和他的妻子，就位同我们诸神。"（《吉尔伽美什》，第103页）

这位人类先祖之所以永生，并不是因为有什么秘方，而是他们成了神祇故而摆脱死亡。也就是说，人类永远不可能永生。

（3）**吉尔伽美什丢失仙草无功而返。**离开乌特那庇什提牟的居所时，人类的先祖对于这位坚毅英勇的英雄如此渴求生命而于心不忍，便告诉他："且听我「把神的秘密」说给你——这种草像「」似的「」它的刺像「蔷薇」也许「会扎你的手」，这种草若能到手，你就能将生命获取。"（《吉尔伽美什》，第106页）

吉尔伽美什从水底深渊中取得了草药，却被一条蛇偷食："他回来一看，这里只有蛇蜕的皮。"（《吉尔伽美什》，第107页）

吉尔伽美什，"他三分之二是神，[三分之一是人]，"他是最贴近神的存在，也是唯一接近过永生的凡人，然而他失败了。他终于意识到了生命之短暂，永生之不可追，看着蛇蜕下的金黄的皮，这位古老的乌鲁克王的追求仿佛获得了新生——他成为一位真正的人类英雄。

（三）永生：以不朽之功业超越死亡

当吉尔伽美什经历了万重阻碍，千般艰险，抬眼望去已是山河迥异，然而最残忍、最悲哀的现实却真切地站在他面前：英雄的付出没有结果，长生之梦已然幻灭，伟大的乌鲁克王吉尔伽美什及他的人民无法获得永生。

对于不甘于凡庸生活的吉尔伽美什们来说，还有一种办法可以超越死亡从而永生，即追求不朽之功业，也就是从肉

体层面的永生转向精神层面的永生。史诗《吉尔伽美什》体现了苏美尔人以建功立业、创造永世基业作为不朽人生的表征。[9]吉尔伽美什与恩启都杀死占据着黎巴嫩杉树林的怪物芬巴巴后，因此"恩奇都受到了神的诅咒，大病不起，意识到：我的朋友啊，「」把我诅咒，我大概不会像沙场「捐躯了」的人那样死去！我曾对战斗心存恐惧「」我的朋友，让死于战斗的人「受到祝福吧」。"（《吉尔伽美什》，第73—74页）

原文虽然残缺不全，但不难感受出这与前文同芬巴巴战斗时吉尔伽美什激励恩奇都的话语是呼应关系的。"我的朋友啊，谁曾超越人世升了天？在太阳之下永「生者」只有神仙，人的寿数毕竟有限，人们的所作所为，都不过是过眼云烟。你在此竟怕起死来，你那英雄的威风为何消失不见，让我走在你前，你的嘴要喊：不要怕，向前，我一旦战死，就名扬身显，吉尔伽美什是征讨可怕的芬巴巴，战斗在沙场才把身献，为我的子孙万代，芳名永传。"（《吉尔伽美什》，第41页）

可以看出在吉尔伽美什的意识中，死亡并不可怕，只要是战死沙场，芳名永传便是荣耀的、可贵的。史诗通过吉尔伽美什创建功业的行动，宣扬建功立业是生命不朽的一种转换方式。

既然以吉尔伽美什为代表的英雄寻找长生秘方成为不可能，对于多数普通苏美尔人来说，如何看待生命？如何对待生活？活在当下，享受生命，显然才是人间正道。于是这个在史诗中早已出现过主题再次得到强调。这一点，早在史诗

辑
五

论
文

143

的前部，吉尔伽美什动身寻找不老之术时，海岸上的女巫就劝他享受现在的生活："吉尔伽美什啊，你要流浪到哪里？你所探求的生命将无处可觅。自从诸神把人创造，就把死给人派定无疑，生命就在人们自己手里！吉尔伽美什哟，你只管填满你的肚皮，不论白天黑夜，尽管寻欢逗趣；每天摆起盛宴，将你华丽的衣衫穿起，你洗头、沐浴，爱你那手里领着的儿女；让你怀里的妻子高高兴兴；这才是（做人）的正理。"（《吉尔伽美什》，第89页）

女巫的话却令英雄暴怒不已，仿佛是对他的侮辱，然而在徒劳追寻之后，结果最终被验证。这番告诫以及蛇盗走不死仙草的种种预示，对苏美尔人而言，不过是追求永恒失败的宿命。吉尔伽美什对生命永恒的苦苦求索正体现了苏美尔人通过这位英雄所显示出来的全民族悲剧性的理性意识。[10]

尽管英雄的抗争没有结果，但就如同加缪笔下的西西弗一样，"他爬上山顶所要进行的斗争本身就足以使一个人心里感到充实。"[11]所以应该认为，寻求过生命超越而失败了的吉尔伽美什如西西弗一样，其抗争可能是荒谬的，其本质却是幸福的。绝望之为虚妄，正与希望相同。英雄的追寻结束，而苏美尔人觉醒：与其追求长生不死的幻影而浪费时光，不如活在当世更好地热爱生活。这也就形成苏美尔人重视今生的享受生命而非来世的生命哲学。这也是苏美尔人跟命运达成和解之后的人生态度和追求。

结语：苏美尔人生命哲学的积极意义

虽然说吉尔伽美什有三分之二的神性，但是他终究死去，这恰使苏美尔人认识到人性和神性的边界，是一种人的觉醒，反映了苏美尔人对天地万物和人类自身认识的朴素唯物主义哲学思想。史诗中显示了苏美尔人对永恒生命的渴求意识，由此做出了超越死亡意识、战胜死亡的生命哲学思考，也蕴含着人类对生命和死亡的一般认识。史诗从生与死的问题的思考开始，合乎逻辑地展开为人生的不朽在于创造伟业的思想，同时注重今世生命的享受而非来世祈望。史诗中英雄的出现，本身就与反抗有着密切联系，是人类不屈意志的体现、是人类不屈服于未知的证明。吉尔伽美什不甘心死去，为寻找不死之药做过不懈的努力，但这也是对神所规定的命运的一种抗争，这种抗争是史诗中人本主义的英雄思想的放大。史诗中吉尔伽美什的坚韧求索也表现了苏美尔人顽强执着的悲剧精神：明知必死而顽强追求永生。苏美尔人重今生轻来世，以及渴望通过建立不朽之功业来超越死亡实现精神不死的生命哲学，其积极意义在当下仍然具有不容忽视的可贵价值。

参考文献

［1］狄兹·奥托·爱扎德.吉尔伽美什史诗的流传演变［J］.拱玉书，欧阳晓利，毕波译.国外文学，2000（1）：54-60.

［2］魏善浩.人类文明启示录抑或警告录：史诗《吉尔伽美什》象征意义述评［J］.外国文学研究，1997（1）：111-113.

［3］邱紫华.《吉尔伽美什》的哲学美学解读［J］.外国文学评论，2000（03）：101-106.

［4］丁丽娜.《吉尔伽美什》与《荷马史诗》中的生死观比较［J］.吉林省教育学院学报，2017，33（7）：131-133.

［5］吉尔伽美什［M］.赵乐甡译.沈阳：辽宁人民出版社，2015.

［6］李秀.遵神意重今生惧冥世：从史诗《吉尔伽美什》看古代美索不达米亚人的生命观［J］.安徽文学（下半月），2011（3）：25-27.

［7］亚里士多德.诗学［M］.罗念生译.上海：上海人民出版社，2004.

［8］陈艳丽，吴宇虹.古代两河流域苏美尔人的地下世界观［J］.史学月刊，2015，8.

［9］李秀.遵神意重今生惧冥世：从史诗《吉尔伽美什》看古代美索不达米亚人的生命观［J］.安徽文学（下半月），2011（3）：25-27.

［10］邱紫华.《吉尔伽美什》的哲学美学解读［J］.外国文学评论，2000（03）：101-106.

［11］（法）阿尔贝·加缪.西西弗的神话［M］//柳鸣九，沈志明.加缪全集·散文卷1.石家庄：河北教育出版社，2002.

奥西里斯的黎明

浅论史诗《吉尔伽美什》的生态政治学[①]

【摘要】史诗《吉尔伽美什》内有大量涉及人类政治行为对生态系统的影响，以及生态系统反作用于人类的篇幅。本文从生态政治学视角对其进行文本解读。以吉尔伽美什与恩启都一同杀死杉妖芬巴巴遭到天神惩罚为切入点，探析古代苏美尔人与自然关系的演变。代表了城市文明的吉尔伽美什的扩张，引发了与原始部落恩启都之间以及与森林部落芬巴巴之间的两次资源战争。本文进一步揭示苏美尔人对生态的认识，即，人类破坏大自然最终要遭受其惩罚。其当下意义是，人类必须有效保护生态环境，重构与大自然的和谐关系。

【关键词】吉尔伽美什；苏美尔人；生态政治学

《吉尔伽美什》是人类最古老的史诗。"由英雄与太阳、人生宿命与宇宙节律之间的巧妙对应所形成的整体艺术结构使这部古老史诗赋有了独特的美学价值。"[②]史诗主人公吉尔

---

① 载《名作欣赏》2019年11月期。

② 叶舒宪. 巴比伦史诗《吉尔伽美什》[M] //邓双琴等. 东方文学五十讲. 贵阳：贵州人民出版社，1987：8-9.

伽美什（Gilgames）是一个真实的历史人物。[1]史诗除了其不朽的文学审美价值，也包含着人类早期文明创造者苏美尔人的生态观念。这些观念在人类社会发展和进步中被反复检验。前人在这方面有一定的研究。本文从生态政治学的角度分析该史诗的叙述者、早期人类文明创造者苏美尔人的生态政治学，并探讨这些观念的当下意义。

一、古代苏美尔人的生态政治现实

《吉尔伽美什》中大量篇幅涉及生产活动，如狩猎、畜牧、兵工、筑城、饮食等，这些都反映了人类文明的进步，也折射出人类对自然环境的破坏。显然，人和自然的关系问题，早在人类跨进文明时代的门槛时，实际上就已经存在了，并在这部史诗中做了真实而客观的反映和描写。[2]在第一块泥板，有关宫殿和城墙，就有这样的描写："他（吉尔伽美什）修筑起拥有环城的乌鲁克的城墙，圣埃安那神苑的宝库也无非这样，瞧那外壁吧，［铜］一般光亮；瞧那内壁吧，任啥也比它不上……登上乌鲁克城墙，步行向前，察一察那基石，

---

① 狄兹·奥托·爱扎德.吉尔伽美什史诗的流传演变［J］.拱玉书，欧阳晓利，毕波译.国外文学，2000（1）：54-60.
② 魏善浩.人类文明启示录抑或警告录：史诗《吉尔伽美什》象征意义述评［J］.外国文学研究，1997（1）：111-113.

验一验那些砖，那砖岂不是烈火所炼！"①

坐落于伊拉克境内的乌鲁克遗址，蕴藏着两河流域文明的成就。寺庙建筑、圆柱印章和书写发明，写就了乌鲁克文化的辉煌，这是苏美尔文明的基础。这个时期的居民经营农业、畜牧业，部分人专门从事烧陶和采石行业。乌鲁克神殿建筑宏伟壮观，以其为中心形成庞大的聚落，并向城市发展。从生态学的角度来看，农牧业，特别是城市文明的兴起，将对森林造成巨大的破坏。史诗故事发生的地方乌鲁克城是用砖瓦建造的。砖瓦由黏土烧制。因此大量的树木资源用来建城，②杀死森林的守护者——芬巴巴，就成为那个时代必然的生态逻辑和战争逻辑。

在吉尔伽美什（约公元前2800至2500年间在位）时代，两河流域有丰富的森林资源，这一点毋庸置疑。"他们仰看森林，止步停留，他们看那杉树之高，他们看那森林的入口。他们看到了杉树山、伊里尼的神和王座。……很高兴看到树荫，草地覆盖着大地，没有尽头。"③当吉尔伽美什与恩启都一起寻找森林保护者芬巴巴，走进森林看到的就是这样一幅壮美的原始丛林美景：巨大的杉树高耸入云，漫山遍野，遮光蔽日，英雄们到此也不由地倒吸一口冷气，对大自然的造化

① 吉尔伽美什［M］.赵乐甡译.沈阳：辽宁人民出版社，2015：15-16. 以下史诗引用只标明页码。

② 李仁仁.《吉尔伽美什》的绿色之思——从生态批评角度探析恩启都之死［J］.华中师范大学研究生学报，2014，21（1）：71-74.

③《吉尔伽美什》，第50页。

辑五 论文

充满敬畏。苏美尔人在吟诵这一段史诗时，想必也对大自然满是赞美和崇敬。

如果剔除神话因素，吉尔伽美什与恩启都征服森林部落芬巴巴的动机，是与建造城墙和宫殿所需的木材和土地等资源因素密切相关的。

二、两河流域生态政治学的变化

（1）与其他早期人类文明一样，两河流域的苏美尔人与大自然最初也保持着相当和谐的关系。以恩启都为例，可看到苏美尔人与自然关系的演变。天神造出这个纯粹自然属性的人，以抗衡都市文明的代表吉尔伽美什——他的半人半兽，体现了与自然融为一体的和谐一面。当恩启都出世，"他浑身是毛，头发像妇女，跟尼沙巴一样＜卷曲得如同浪涛＞；他不认人，没有家，一身苏母堪似的衣着。他跟羚羊一同吃草，他和野兽挨肩擦背，同聚在饮水池塘，他和牲畜共处，见了水就眉开眼笑。"[①]这一幅人与自然和谐的画面，正是原始社会生活的写照。在恩启都与神妓交往前仍不具备文明性和社会性，这体现苏美尔人理想中的生态哲学。

（2）恩启都与神妓相处，以及与吉尔伽美什决斗后成为朋友，暗寓其进入文明时期，恩启都进化为智慧人，但自然性和原始性渐渐消失。侧面说明苏美尔人与自然关系进入一

奥西里斯的黎明

---

① 《吉尔伽美什》，第18页。

150

个新的阶段，即，开始了对自然的征服和破坏。"六天七夜他与神妓共处……羚羊看见他转身就跑，那些动物也都纷纷躲开了恩启都。恩启都很惊讶，他觉得肢体僵板，眼看着野兽走尽，他却双腿失灵，迈不开步。……但是［如今］他却有了智［慧］，开阔了思路。"①

恩启都与吉尔伽美什交手后惺惺相惜结为至交。这一部分可以解释为，作为原始部落的恩启都与作为城市文明的吉尔伽美什的结盟。换言之，是原始部落被城市文明同化而开始了社会化进程。其自然的结果是：开始了新的领土扩张和部落兼并战争。

（3）恩启都与吉尔伽美什携手杀死芬巴巴后，被惹怒的众神决定惩罚他两个，"他们当中必须死一个"，于是恩启都在一个梦的预示后死去。这预示着苏美尔人与自然的关系发生了很大的变化——破坏自然平衡招致诸神的严惩。

恩启都曾劝解吉尔伽美什避免与芬巴巴开战，但最终顾却友谊也参与了战争。临终前夕恩启都对着门进行了悔罪，"就像跟［人］一样，跟门自言自语——森林之门岂能＜领悟＞出什么，本来就不会懂得什么事理。……你这棵树，［在国内］无与伦比。……啊，门哟，若知道这就是［你的结果］，若知道你的可爱［把这场灾祸招致］，莫若我拿起板斧［　］②了事，

辑
五

论
文

---

① 《吉尔伽美什》，第21-22页。

② 此空白，原文即如此。

编进那些筏子里去！"①恩启都的追悔象征着对自然界植物的破坏，也意味人与自然之间的关系遭到破坏，这必然会受到自然的报复。②

这悲惨的一切结局在吉尔伽美什与芬巴巴开战前，他的梦就已经作了预示："天灾轰鸣，地在震动；阳光消失，昏暗不明；电光闪烁，烈焰飞腾，乌云低迷，大雨倾注不停。光消失了，火也熄了，掉下来的一切都化为尘土灰星。"(《吉尔伽美什》，第52页）果然，在杀死森林之神芬巴巴后，大自然发生灾变——大洪水降临。吉尔伽美什必致森林保护者芬巴巴于死地，是人类征服大自然的象征。表面上人类征服成功，但大自然即刻做出报复。③

三、两河流域生态政治变化导致了两次战争

某种意义上，"三分之二是神，三分之一是人"吉尔伽美什代表了先进的城市文明，恩启都代表了最为落后尚未文明进化的原始部落，芬巴巴则代表了两者之间的森林部落。吉尔伽美什先进的城市文明的扩张，必然的吞噬了原野和丛林，并将其居民挟裹进文明的进程，由此引发乌鲁克国王吉尔伽美什与恩启都之间，以及吉尔伽美什结盟恩启都与芬巴巴之

---

① 《吉尔伽美什》，第68-69页。
② 王亲曼.生态视域下的《吉尔伽美什》[J].文学教育（上），2014（04）：32-33.
③ 同上。

间的两次战争。

吉尔伽美什与野蛮人恩启都的战争。城市文明对原始部落。恩启都被大神创造出来，因为吉尔伽美什的大肆修筑城墙，暴虐统治，"吉尔伽美什不［给母亲们］保留闺女，哪管是武士的女儿，贵族的爱妻！"④神创造出了可以与其匹敌的恩启都，战争不可避免。实际上，这一场战争是高级文明对低级文明的征服——最终恩启都的原始野蛮落后在城市文明的带动下，开始了文明演进。

吉尔伽美什与归化文明的恩启都结盟，对芬巴巴之间的战争。这本质上是场城市文明与森林部落间的战争。天神为了"使那些要进入森林的人胆怯止步"，而创造杉妖芬巴巴，于是吉尔伽美什与恩启都在太阳神沙马什帮助下打败芬巴巴。芬巴巴失败告饶，恩启都却要斩草除根。求生无望的芬巴巴随即诅咒两人。如果将神话还原为历史，大致是：吉尔伽美什们没有给森林留下活路，他们砍倒杉树，搬运到幼发拉底河畔。总之，胜利的桂冠让吉尔伽美什名扬四海，成为万民景仰的英雄，也让他流芳百世。⑤

最终吉尔伽美什、恩启都对森林部落芬巴巴的战争招致诸神的愤怒，"恩启都受到了神的诅咒，大病不起，意识到：我的朋友啊，「」把我诅咒，我大概不会像沙场「捐躯了」的

————————

④ 《吉尔伽美什》，第17页。

⑤ 刘楠.史诗《吉尔伽美什》的生态美学启示［J］.速读（上旬），2014（1）.

人那样死去！我曾对战斗心存恐惧「」我的朋友，让死于战斗的人「受到祝福吧」。"①从此吉尔伽美什走向寻求长生不死的道路，但无果而终。

"这个神话说出了城市文明建立的深奥的秘密。吉尔伽美什最初想借助于恩启都的力量要干的事，是杀害森林神芬巴巴。杀害森林神对文明有着重大的意义。农耕和畜牧产生本身，本来就和破坏森林有着密切的关系。初期刀耕火种的农业，就是首先从火烧森林、改林为田开始的。……人类的农耕、畜牧文明的第一步是发端于对森林的破坏，而当城市文明出现时，就需要大规模地破坏森林。"②这道出了吉尔伽美什与恩启都两位英雄联盟对芬巴巴森林部落战争的本质。但是，恩启都由于投向文明的怀抱，放弃原始生活方式而与吉尔伽美什结盟，进而共同剿灭了文明扩张的阻挡者芬巴巴。历史地说，是完成了人类文明由低而高级的演进。

结语，苏美尔人生态政治学的警示意义

史诗的原型结构表明了人类认识发展过程中的大变革，也就是人类自我意识的萌生，也即人与自然，认识主体与认识对象的初步分化。③吉尔伽美什对抗诸神、征服大自然的经历贯穿史诗全过程，反映了早期的人本主义英雄史观，展现人的豪迈及自大——这可以说是苏美尔人朴素的生态哲学思

① 《吉尔伽美什》，第73-74页。

② 程虹.寻归荒野［M］.北京：三联书店，2001年.

③ 叶舒宪.巴比伦史诗《吉尔伽美什》［M］//邓双琴等.东方文学五十讲.贵阳：贵州人民出版社，1987：8-9.

想，即便得罪诸神，也勿得罪大自然。在这一认识基础上，苏美尔人进而做出反省：一味地向大自然掠夺不惜破坏的状态是否需要改变？这一生态政治观念仍有重要的当下意义。毕竟，史诗描绘的几千年前林木如海的森林王国、人地友好的两河流域今天已经不复存在，取而代之的是严重的沙化和水土流失，以及暗波涌动的资源竞争的生态政治现实。因此，基于史诗的警示，人类应当寻求与大自然的共存而非一厢情愿的征服，并努力超越人类自身利益，与自然建立和谐友好关系。

参考文献

［1］叶舒宪.巴比伦史诗《吉尔伽美什》［M］//邓双琴等.东方文学五十讲.贵阳：贵州人民出版社，1987.

［2］狄兹·奥托·爱扎德.吉尔伽美什史诗的流传演变［J］.拱玉书，欧阳晓利，毕波译.国外文学，2000（1）：54-60.

［3］吉尔伽美什［M］.赵乐甡译.沈阳：辽宁人民出版社，2015.

［4］李仁仁.《吉尔伽美什》的绿色之思——从生态批评角度探析恩启都之死［J］.华中师范大学研究生学报，2014，21（1）：71-74.

［5］王亲曼.生态视域下的《吉尔伽美什》［J］.文学教育

（上），2014（4）：32–33.

［6］刘楠.史诗《吉尔伽美什》的生态美学启示［J］.速读（上旬），2014（1）.

［7］程虹.寻归荒野［M］.北京：三联书店，2001年.

［8］魏善浩.人类文明启示录抑或警告录：史诗《吉尔伽美什》象征意义述评［J］.外国文学研究，1997（1）：111–113.

史诗《吉尔伽美什》的人本英雄观[①]

【摘要】《吉尔伽美什》中英雄与诸神及命运抗争的传奇经历贯穿史诗全过程，这种不同于将英雄等同为神的那种英雄观，体现了人类不屈的精神意志，也反映了苏美尔人朴素的人本英雄观。

【关键词】吉尔伽美什；人本思想；英雄观

吉尔伽美什（Gilgames）是乌鲁克城的国王，是一个真实的历史人物。公元前3000年前后，吉尔伽美什的传说就在两河流域居民中广为流传。最后形成这部迄今为止发现的最古老的史诗、楔形文字的《吉尔伽美什》。"由英雄与太阳、人生宿命与宇宙节律之间的巧妙对应所形成的整体艺术结构使这部古老史诗赋予了独特的美学价值。"《大不列颠百科全书》第六卷对"史诗"的定义是"歌颂英雄事迹的长篇叙事诗"。显然史诗的主体是英雄，因此这部史诗通过吉尔伽美什的英雄传奇，也呈现了苏美尔人独特的英雄观。卡莱尔从人

辑
五

论
文

---

① 载《文学教育》2019年6月刊。

本主义思想的角度提出，人类早期历史中的英雄常被他的同类视为神。他将此称之为"神灵英雄"。之所以如此，是由于时间、传统以及无文字记载的作用。同样的，苏美尔人一方面认为人是神所创造的，比如神创造了吉尔伽美什、恩启都，甚至杉妖芬巴巴，认为神决定着人类命运，人类的活动必须遵从神意；另一方面，在史诗中英雄又竭力摆脱神的约束甚至在许多方面与天神抗争。这说明了早期人类文明的创造者苏美尔人已经开始认识到人类的价值及在征服和改造自然中的作用，并在这种朴素的人本思想上建立起独特的英雄观。这正是本文所要探讨的问题。

（一）从神本到人本的英雄观

作为史诗的主人公，吉尔伽美什被描写为"大力神「塑成了」他的形态，天神舍马什授予他「俊美的面庞，阿达特赐给他堂堂风采，诸大神使吉尔伽美什姿容「秀逸」"，他"三分之二是神，三分之一是人"。显然，吉尔伽美什身上既有神性也有人性。不管是他修筑城墙，暴虐统治，还是击败怪人芬巴巴，毁灭天牛，史诗中的吉尔伽美什、这位半神英雄都有其超人的一面，也就是他的"神性"。这是古代苏美尔人对肩负使命的国王以及英雄的认识。

另外一个英雄恩启都则不一样，他是天神造出的纯粹自然属性的人，为的是抗衡都市文明的代表吉尔伽美什。"他跟羚羊一同吃草，他和野兽挨肩擦背，同聚在饮水池塘，他和牲畜共处，见了水就眉开眼笑。"这时的恩启都仍不具备文明性和社会性。在他与神妓相处以及与吉尔伽美什决斗后成为朋友后，开始进入文明时期进化为智慧人，自然性和原始性才渐渐消失。从那时起，他与吉尔伽美什携手建立不朽功业直至命断芬巴巴之战后的不久。

英雄之所以是英雄，是因为他们有着超人的能力。早期人类的英雄形象都能感天应地、呼风唤雨的近乎神，因此吉尔伽美什这一英雄形象明显带有半神半人特征。在荷马史诗中的阿喀琉斯也是有神的血统的，这也说明了早期人类的英雄史观是有神本特点的。神的终究归神，人类需要一种以人为主体的神，英雄就这样诞生了。因此，史诗的后半部恩启都死后，吉尔伽美什开始忧生忧死并踏上寻找长生之道时，一个完全的人类英雄才出现了，由此展现出苏美尔人的人本英雄观。

（二）建立不朽功业的英雄观

虽然吉尔伽美什经历了万重阻碍，千般艰险，却无法与他的人民一同获得永生。在苏美尔人看来，还有一种办法可以超越死亡从而永生，那就是追求不朽之功业。也就是从肉体层面的永生转向精神层面的永生。对乌鲁克国王吉尔伽美什来说，无非是开疆扩土和建立万世之基的王国。在第一块泥板，有关宫殿和城墙，有这样的描写："他（吉尔伽美什）修筑起拥有环城的乌鲁克的城墙，圣埃安那神苑的宝库也无非这样，瞧那外壁吧，[铜]一般光亮；瞧那内壁吧，任啥也比它不上。……登上乌鲁克城墙，步行向前，察一察那基石，验一验那些砖，那砖岂不是烈火所炼！"这巍巍城墙及王国，是吉尔伽美什功业的证明。

为此，吉尔伽美什需要更多的土地和森林资源。他发动了两次征服战争。一次是他与野蛮人恩启都的战争，即城市文明对原始部落。由于吉尔伽美什的大肆修筑城墙，暴虐统治，"吉尔伽美什不[给母亲们]保留闺女，哪管是武士的女儿，贵族的爱妻！"神创造出了可以与其匹敌的恩启都，冲突不可避免地爆发。其结果是，吉尔伽美什与恩启都较量后两人都发生了某些变化，恩启都褪去了野蛮与兽性，而吉尔伽美什则多了一份成熟与稳重开始为百姓造福，成为人性复苏的象征。实际上，这场战争也是高文明对低文明的征服——最终恩启都的原始野蛮落后在城市文明的带动下，开始了文明演进。

另一次是吉尔伽美什与恩启都结盟对芬巴巴的战争。这本质上是一场城市文明与森林部落间的战争。天神为了"使那些要进入森林的人胆怯止步"，而创造杉妖芬巴巴。失败却求生无望的芬巴巴随即恶咒吉、恩两人。于是诸神的愤怒使"恩启都受到了神的诅咒，大病不起，意识到：我的朋友啊，把我诅咒，我大概不会像沙场「捐躯了」的人那样死去！我曾对战斗心存恐惧「」我的朋友，让死于战斗的人「受到祝福吧」。"其中不难感受出这与前文同芬巴巴战斗时吉尔伽美什激励恩启都的话语是呼应关系的。"让我走在你前，你的嘴

要喊：不要怕，向前，我一旦战死，就名扬身显，吉尔伽美什是征讨可怕的芬巴巴，战斗在沙场才把身献，为我的子孙万代，芳名永传。"

在吉尔伽美什的意识中，死亡并不可怕，只要是战死沙场，芳名永传便是荣耀的、可贵的。史诗通过吉尔伽美什事迹，宣扬建立伟业即生命不朽的另一种方式之英雄观。

（三）与神抗争的英雄观

史诗的后半部，由于吉尔伽美什得罪了女神伊什塔尔而惹怒天神，众神决定惩罚胆敢挑战神的权威的吉尔伽美什和恩启都，"他们当中必须死一个"，于是恩启都在一个梦的预示后死去。按照亚里士多德在《诗学》观点，至此，史诗叙事出现了"突转"：吉尔伽美什认识到死亡的不可避免的强烈震撼，从而意识到人和神的界限。

此前，吉尔伽美什作为"半神"这样的存在仿佛是从不担心自己会像人类那样生老病死的，然而恩启都这位与他同样强大、同样英雄生命的逝去，让他感受到死亡的威胁，"我的死，也将和恩启都一样，悲痛浸入我的内心，我怀着死的恐惧，在原野徜徉"。

吉尔伽美什便踏上找寻长生之路，他找到了远古大洪水的幸存者、先祖乌特那庇什提牟。然而这位人类先祖之所以永生，并不是因为有什么秘方，而是他成了神祇故而摆脱死亡。乌特纳庇什提牟告诉吉尔伽美什说，在大洪水后——"为

了祝福，他（天神恩利尔）来到我们中间，摸着我的前额："乌特纳庇什提牟直到今天仅仅是个凡人，从现在起他和他的妻子，就位同我们诸神。"

死亡，是神与人不可逾越的界限。当吉尔伽美什意识到生命的渺小而想去珍惜、追寻时——不论他有什么样强悍的神性——他说明他确是一位凡人。当然他更是一位英雄，承载着百姓期望，踏上了探求生命之谜路途，不论成败。吉尔伽美什走向寻求长生不死的道路，但无果而终。他从水底深渊中取得了草药，却被一条蛇偷食："他回来一看，这里只有蛇蜕的皮。"

吉尔伽美什是最贴近神的存在，也是唯一接近过永生的凡人，然而他失败了。他终于意识到了生命之短暂，永生之不可追，看着蛇蜕下的皮，这位古老的乌鲁克王的追求仿佛获得了新生——他成为一位真正的人类英雄。尽管英雄的抗争没有结果，但就如同加缪笔下的西西弗一样，"他爬上山顶所要进行的斗争本身就足以使一个人心里感到充实"。所以应该认为，寻求过生命超越而失败了的吉尔伽美什如西西弗一样，其抗争可能是荒谬的，其本质却是幸福的。英雄的这种明知不可得而为之的气概，更是展示了人类的进取精神，这是人本英雄观的一个侧面。

结语

吉尔伽美什有三分之二的神性，但终究难脱一死，这是古代苏美尔人心中人和神的边界，反映出苏美尔人对人类自身认识的简单唯物主义观。吉尔伽美什不甘心死去，为寻找不死之药做过不懈的努力，是对神所规定命运的一种抗争，体现了人类不屈的精神意志。这种抗争正是人本英雄观的真正价值和内容。

参考文献

［1］狄兹·奥托·爱扎德.吉尔伽美什史诗的流传演变［J］.拱玉书，欧阳晓利，毕波译.国外文学，2000（1）：54-60.

［2］叶舒宪.巴比伦史诗《吉尔伽美什》［M］//邓双琴等.东方文学五十讲.贵阳：贵州人民出版社，1987.

［3］吉尔伽美什［M］.赵乐甡译.沈阳：辽宁人民出版社，2015.

［4］（法）阿尔贝·加缪.西西弗的神话［M］//柳鸣九，沈志明.加缪全集·散文卷1.石家庄：河北教育出版社，2002.

［5］胡为雄.英雄观的变迁——从卡莱尔到普列汉诺夫再到胡克［J］.中国社会科学，1994（01）：157-168.

辑
五

论
文

诗，远方以及大地:《南开诗学》引发的思考

　　诗歌风暴常策源于校园。由罗振亚、孙克强主编的《南开诗学》（第一辑），旨在全面展示诗歌研究领域的最新成果和最新方法，以期推动诗学研究的发展。该辑作为创刊号分为"特稿""诗歌研究""诗学理论""域外诗学""诗学文献"等多个栏目。叶嘉莹先生《谈李清照与徐灿二家词对于国亡家破之变乱所反映的态度之不同》一文领衔其首。此外，"况周颐笔记词话二种""1990年代先锋诗歌整体观"等亦为诗歌研究臻品。

　　"况周颐笔记词话二种"，主要是况周颐于1914年、1916年发表的论词随笔杂记，孙克强教授将之加以辑录整理点校发表，对全面认识况氏的词学很有裨益。

　　况周颐《蕙风词话》与王国维《人间词话》、陈廷焯《白雨斋词话》合称"晚清三大词话"。清代著名词家朱祖谋誉之为"自有词话以来无此有功词学之作"。况周颐因"重拙大"这一词学理论而为诗界熟知。据唐圭璋先生的说法，最早提出重、拙、大的是端木埰，传于王鹏运后由其授予况周颐。

晚清词学的兴盛，王、况等人起了重要作用。

《蕙风词话》卷一提出："作词有三要，曰重、拙、大。南渡诸贤不可及处在是。"关于"重"，况周颐以"沈著"和"厚"解释之。并指明"在气格，不在字句"，可知"重"者，指词中的思想情感，而不在字句语言。又说："填词先求凝重。凝重中有神韵，去成就不远矣。""凝重"的形成与读书、学力有关。朱庸斋《分春馆词话》将"重"解释为"用笔须健劲"。至于"拙"，指的是一种质直朴素的词境。北宋陈师道《后山诗话》提出："宁拙毋巧，宁朴毋华。"况周颐则说："词忌做，尤忌做得太过。巧不如拙，尖不如秃。"显然，况周颐论"拙"，是与他崇尚自然的主张相一致的。《蕙风词话》卷二特意指出："不曾作态，恰妙造自然。蕙风论词之旨如此。"况氏对于"大"解释的最少，仅谓之为"大气真力"，即用执拙之笔写真情。笔者认为，"大"应当指的是气象的阔大。古典诗词最为强调的就是"气象"，而盛唐诗歌为历代诗歌不及之处在于其盛唐气象，李白杜甫诗歌胜于同辈诗人之处，恰在于其气象、意境的壮阔，如李白的"山随平野尽，江入大荒流"，杜甫的"星垂平野阔，月涌大江流"等。况周颐所推崇的南渡词人，如辛弃疾的"楚天千里清秋，水随天去秋无际"，所呈现的雄阔气象和意境也非五代、北宋词家所能比拟。

"1990年代先锋诗歌整体观"是罗振亚继专著《1990年代新诗潮研究》出版之后新诗研究的"余震"。该文以宏观描述与微观剖析相结合的述学方式，展示了1990年代新潮诗的整体面貌和个体特征，并对先锋诗歌做出了历史性描述与价值判断，在总结诗学新成果的同时，也为当代诗学解释注入了丰富的内涵。

诗歌，一向是中国文学之正脉。中国诗学有着3000年的传统，肇于先秦，自《诗经》《楚辞》而下，兴于两汉、魏晋南北朝，盛于唐宋，逶迤于元明清，又在民国初千年未有变局之际融入西方诗学，迎来新诗的百年踟蹰前行。一个世纪以来，新诗及新诗研究，都可谓行路难而成就不凡。上世纪20年代的象征主义、30年代的现代诗派、40年代的九叶诗派、五六十年代的台湾现代诗、七八十年代的朦胧诗、90年代以来的新潮诗等。就新诗历程而言，80年代、90年代尤其是一个独特的历史节点，呈现出多元并存、诗派林立的复杂的局面。这些可统之以"先锋诗歌"。"先锋"一词意味着艺术形式的创新和前卫风格。"先锋主义"是19世纪末西方重要的文艺思潮。20世纪60年代，哈佛大学教授雷纳多·波乔利出版的《先锋理论》，是先锋文学的开创性理论著作。先锋主义理论对当代中国诗歌的影响颇为深远。先锋诗歌的本质是崇尚实验和创新，并对于诗歌本体高度关注，因此每一次先锋诗歌的勃发都会带来审美的丰收，引发诗界的波动和群起效仿。

作为当今诗歌研究界的领军人物，罗振亚诗学研究的一个特点即与研究对象的共时性。80年代后朦胧诗歌、90年代的新潮诗歌此消彼长之际，也是罗教授在大学中文系读书研究之时，可说是深度近身参与同时又以批评者的身份超然于当时诗歌运动之外的，这就使得他的诗学批评对于新诗内核

奥西里斯的黎明

和纷繁的表象的把握，颇具分寸。在罗振亚看来，1990年代先锋诗歌的多元书写中，致力于智性思想批判的"知识分子写作"和具有日常、口语、解构向度的"民间写作"构成了对立、互补的差异性对话。罗振亚将先锋诗歌的发展变迁置于现代历史文化演进中，进行宏观的整体观照与细致的微观解剖，展现出个人独到的体悟和严谨的论证。

有着数千年诗学底蕴的中国，二十世纪初以来新体诗歌和古典诗词却长期保持着互不交叉的"两个诗坛"局面。两者在创作群体、批评话语甚至诗歌活动等方面，呈现着各自独立发展、互不相涉的态势。进入新时代，这种格局正在悄然发生变化，当代古典诗词与新体诗在诗歌的内在质地、诗歌的艺术手法等层面已渐次开启融合之旅。《南开诗学》涵盖诗词研究和新诗研究，兼容域外诗歌美学和传统诗词美学，其本身就是一个很有内涵的象征，这一融合所勃发的生机，也是诗歌生命力焕发的一种预演。近两年罗振亚因在主流媒体发表《让诗歌从缥缈云端回到坚实地面》《杜甫诗歌好在接地气》等文章，而在文坛引发震动。他提出新时代如何处理诗歌与现实关系等重大问题，认为新时代的诗歌写作，既应当是民族化的也应当是世界性的，只有这样，中国新诗才能走出"百年孤独"的宿命。这些重大的时代课题，值得诗界内外的人们共同关注。显然，对于一个国家、民族甚至时代而言，诗与缥缈于云端的远方是不可缺少的，而脚下的大地则是两者存在的必要前提。（罗振亚、孙克强主编《南开诗学》，2018年）

解开唐诗形成的密钥：由《南北朝贵族文学研究》一书所想的

作为中华传统文化精髓一部分的唐诗，以其雄壮浑厚的气势、沉郁顿挫的韵律，谱写了中华诗歌史的璀璨华章。宋代严羽的《沧浪诗话》极为推崇盛唐诗，指出其"既笔力雄壮，又气象浑厚"。唐诗中不仅有国人引以为荣的大唐气象、也有构成诗国华冠的律诗平仄对仗之美，因此有关唐诗的形成孕育过程，一向是一个重要的研究问题。案头的这部由商务印书馆出版的孙明君教授所写《南北朝贵族文学研究》一书，付诸大量精力和篇幅研究唐诗形成的重要阶段——南北朝文学。在笔者看来，对南北朝文学的研究是能够发现唐诗的内在构成和肌理形成过程的。该著上编围绕南北朝贵族文学产生的社会和文化原因、贵族文学的特点、贵族文学与文学本身发展潮流的关系等问题进行了专题研究。下编主要是对颜延之、谢灵运等十九位南北朝作家生平事迹辑录，意在为上编的研究提供文献支持。上编中的几个专题，如陈后主隋炀帝与陈隋诗史之转变、杨素与廊庙山林兼之的文学范式、杨素薛道衡赠答诗探析等尤为值得关注。作者对隋代文学的承前启后作用以及隋炀帝这位历史上声名狼藉的帝王的文学贡献，做出了公允的评价。

为何说唐诗的形成要到南北朝文学的发展中寻找成因？笔者认为，就像钻石的形成取决于材料、压力和温度，唐诗之非凡成就和魅力，取决于其形式与内容的构成即声律对仗、风骨气象等，这些唐诗要素的关键，都深蕴于南北朝文学之中。首先，最能代表唐诗成就和特征的莫过于律诗。唐朝律诗的声韵、对仗等要素，是在齐梁时期周颙的《四声切韵》、沈约的《四声谱》相继完成、声律论出现之后发展起来的。永明体，堪称是律诗之母。据《南齐书·陆厥传》载："永明末，盛为文章。吴兴沈约、陈郡谢朓、琅琊王融以气类相推毂。汝南周颙善识声韵。约等文皆用宫商，以平上去入为四声，以此制韵，不可增减，世呼为永明体。"齐梁诗人很注重诗歌声调的流转圆美，谢朓认为"好诗圆美流转如弹丸"。随着骈体文的盛行，齐梁诗人也追求诗句对偶。因为对偶更能展现诗歌对称之美。刘勰《文心雕龙·丽辞》说："造化赋形，支体必双，神理为用，事不孤立。"正是齐梁诗人对诗歌艺术形式之美的探索，为唐代从古朴高茂走向整饬华美并最终为格律诗形成奠基。到陈代，庾信等人的一些作品，已接近唐人律诗，最后由初唐沈佺期、宋之问等人进一步发展定型。

其次，影响唐诗乃至后世的几种主要题材类型的诗歌，也已经在南北朝、隋代发展起来。如陶潜的田园诗，谢灵运的山水诗，以及杨广、杨素等人边塞诗、酬答诗等，经过二百年的积淀、发酵以及多种文化的碰撞，终于形成唐代诗歌题材庞博、类型丰繁的蔚为大观。

"种豆南山下，草盛豆苗稀。"陶渊明第一个以田园生活为题材进行了大量诗歌创作。在玄学盛行、唯美主义盛行的南朝，田园诗以崭新思想内容的诗作卓立于诗坛，表现出巨大的革新精神。陶渊明的诗源于对田园生活的深切感受，语言平淡而自然，给人一种清新、淳美的感觉、诗情画意的感受。钟嵘《诗品》评价陶渊明是田园诗的宗师。这一诗歌题材的形成对唐代诗人影响至深，王维、李白、韦应物等无不敬仰效模。

继田园诗之后，作为传统文化重要符号的山水诗出现了。山水从此成为独立的审美对象，这标志着一种新的自然审美观念和审美趣味的产生。山水诗鼻祖是东晋谢灵运，其诗句如"山水含清晖，清晖能娱人""明月照积雪，朔风劲且哀"等，还有山水诗的光大者谢朓以"余霞散成绮，澄江静如练"等名句奋厉诗坛，皆可谓清壮无穷。山水诗为中国诗歌增加了一种新的题材，由此开启了南朝新的诗歌风貌，从而成为注入唐诗的极富生机的新鲜血液。

在唐诗中边塞诗以思想深刻、想象瑰丽著称，其初步发展于汉魏六朝时代，兴盛于隋代——其中佼佼者是杨广、杨素、卢思道等人。隋炀帝杨广修建大运河、亲征吐谷浑、三征高句丽，无不在历史上留下重重一笔，其雄心与诗才结合，形成了颇具特色的边塞诗。王士祯说："隋混一南北，炀帝之才，实高群下，《长城》《白马》二篇，殊不类陈隋间人。"《拟饮马长城窟行》云："北河秉武节，千里卷戎旌。山川互出没，

原野穷超忽。"该诗场面阔大，气势雄壮，可能作于大业年间北巡之时。张玉谷曰："通首气体阔大，颇有魏武之风。"杨广《纪辽东二首》之一云："辽东海北翦长鲸，风云万里清。"据《隋书·炀帝本纪》，杨广当时尚在征战途中。但其诗却想象得胜回朝的情景，表现出作者胜券在握的信心。全诗大开大合，气势豪纵。由此可见，杨广边塞诗上承建安风骨，一洗六朝粉黛，颇具豪迈气概和帝王威势。孙明君教授概括道：气高致远、词清体润、意密理新是隋炀帝追求的诗歌标准，它超越了六朝隋唐时代的南北地域之争。

赠答诗自春秋时期就成为一种文化风尚。顾栋高《春秋大事表》卷四十七说：当时君卿大夫"一举动必有占，一酬答必有赋"。在隋代，杨素与薛道衡的酬答诗别具一格，对唐诗的此类题材甚有影响。杨素是隋朝开国重臣、一代名将。《隋书·杨素传》："素尝以五言诗七百字赠番州刺史薛道衡，词气宏拔，风韵秀上，亦为一时盛作。"李商隐《谢河东公和诗启》曰："及观其（杨素）唱和，乃数百篇。力均声同，德邻义比。……后来酬唱，罕继声尘，常以斯风，望于哲匠。"从李商隐对杨素薛道衡赠答诗的推崇，可以看出杨、薛赠答诗写作手法之高妙。如杨素《山斋独坐赠薛内史诗》其一："居山四望阻，风雨竟朝夕。深溪横古树，空岩卧幽石。日出远岫明，鸟散空林寂。……日落山之幽，临风望羽客。"这些诗歌表现了山居之美和士夫之雅，体现了山林与廊庙兼容的文学范式。沈德潜《说诗晬语》云："杨素幽思健笔，词气清苍。"杨广、杨素、薛道衡、卢思道等人，结合南朝华词之彩和北地刚健之气，创作出一些清健秀拔的颇有魏晋风骨的诗歌，成为向唐诗过渡的关键环节。到了唐代，王维、孟浩然成为杨素之后廊庙山林文学的继承者和发扬者，而随着大唐国力的强盛，以高适、岑参为代表的边塞诗派崛起，一并构成盛唐气象中的绚丽之景。透过异彩纷呈的南北朝文学，我们或许能找到解开唐诗形成的那把密钥。（孙明君：《南北朝贵族文学研究》，商务印书馆，2018年）

博约2019年发表作品目录

作品篇名	统一刊号（CN）报刊名称 （注明报刊主管单位、级别）	发表时间 （期号）
《诗三首》	《诗刊》 主管主办单位：中国作家协会、 中国作家出版集团（中央级）	2019年10月
《诗四首》	《中华诗词》 主管主办单位：中国作家协会、 中华诗词学会（中央级）	2019年第10期
《诗七首》	《中华辞赋》 主管主办单位：中国作家协会、 中国作家出版集团（中央级）	2019年第7期

作品篇名	统一刊号（CN）报刊名称 （注明报刊主管单位、级别）	发表时间 （期号）
《登邺城赋》（评论文章《少年意气强不羁》）	《中华辞赋》 主管主办单位：中国作家协会、中国作家出版集团（中央级）	2019年第9期
《十月十九日梦访八道湾鲁迅故居》（七古）	《中华辞赋》 主管主办单位：中国作家协会、中国作家出版集团（中央级）	2019年第11期
《邺城赋》（外三篇）（包括《后大哀赋》《吊司马太史公赋》《古埃及赋》）	CN 10-1215/I 《中华辞赋》 主管主办单位：中国作家协会、中国作家出版集团（中央级）	2019年第6期
附：袁征评论文章《龙虎气郁峥嵘——对博约辞赋的文本解读》	CN 10-1215/I 《中华辞赋》 主管主办单位：中国作家协会、中国作家出版集团（中央级）	2019年第6期

作品篇名	统一刊号（CN）报刊名称 （注明报刊主管单位、级别）	发表时间 （期号）
《为鸟三日》（外二篇）（包括《爱在伞中》《坚持是盏明灯》）	CN11-4461/I 《神州》 主管主办：中国文学艺术界联合会、中国通俗文学研究会 （中央级）	2019年第5期
《诗，远方以及大地：评《南开诗学》（第一辑）	CN 11-0160 《中华读书报》 主管主办：新闻出版署、光明日报社和中国出版工作者协会主办 （中央级）	2019年6月12日
《朱博约散文四篇》（包括《完美合奏》《历史的孤月——探访一代枭雄北齐、开国皇帝高欢陵墓》《老奶奶与海》《那时花开》）	CN：13-1014/I 《散文百家》 主办单位：河北省作家协会（省级）北京大学《中文核心期刊要目总览》来源期刊：1992年（第一版）	2019年第3期 （总第381期）

作品篇名	统一刊号（CN）报刊名称 （注明报刊主管单位、级别）	发表时间 （期号）
《大雅余音》	CN：23-1058/I 《北方文学》 主办单位：黑龙江省作家协会 （省级）	2019年第6期
《试论史诗《吉尔伽美什》的生命哲学意蕴》	CN：23-1058/I 《北方文学》 主办单位：黑龙江省作家协会 （省级）	2019年第8期
《奥西里斯的黎明（外四章）》（包括《终极之箭》《过故乡》《曲心如月》《抱树枝的老人》）	CN：42-1853/I 《长江丛刊》 主办单位：湖北省作家协会 （省级）	2019年第6期 （总435期）

作品篇名	统一刊号（CN）报刊名称 （注明报刊主管单位、级别）	发表时间 （期号）
《朱博约散文两篇》（包括《爷爷的兰花》《那一刻，我很愤怒》）	CN：33-1032/I 《山海经》 主管主办主办单位：浙江省文联 （省级）	2019年第4期 （总502期）
《朱博约诗词十二首》	CN：22-1069/I 《参花》 主管主办单位：吉林省文化和旅游厅，吉林群众艺术馆（省级）	2019年第2期 （总第872期）
《温暖的读书之旅（外一篇）》（包括《温暖的读书之旅》《西沙的神奇一周》）	CN：23-1094/I 《青年文学家》 主办单位：黑龙江文学艺术界联合会；齐齐哈尔市文学艺术界联合会（省级）	2019年第8期

作品篇名	统一刊号（CN）报刊名称 （注明报刊主管单位、级别）	发表时间 （期号）
《朱博约诗八首》	CN：41-1059/I 《牡丹》 主管主办单位：河南省文联；洛阳市文学艺术界联合会（省级）	2019.06（下） 总第426期
《简论史诗〈吉尔伽美什〉的人本英雄观》	CN：42-1768/I 《文学教育》 主办单位：湖北省新闻出版局；华中师范大学（省级）	2019年7月
《史诗〈吉尔伽美什〉的生态政治学》	CN：14-1034/I 主办单位：山西三晋报刊传媒集团（省级）北京大学《中文核心期刊要目总览》来源期刊：1992年（第一版），2000年版，2004年版，2008年版	2019年11月

附录2

博约阅读写作及学习纪略

——3岁后五年间，博约母亲为他几乎读完儒勒·凡尔纳所有重要小说，如《格兰特船长的儿女》《海底两万里》《神秘岛》以及《气球上的五星期》《地心游记》等。同时听了《说岳全传》《三国演义》《西游记》《杨家将》《水浒传》《说唐》《唐诗三百首》《宋词三百首》等古典文学有声读物。

——5岁起，跟从祖父、父亲学习诗词歌赋；12岁开始创作符合诗律的作品。

——6岁至12岁，师从中央音乐学院管弦系副教授曹慧学习钢琴。

——13岁起，师从古琴大师李祥霆硕士生陈璨、张启航学习古琴，熟弹《广陵散》《潇湘水云》等十级大曲。

——3岁至15岁进行游泳训练，尤擅蝶泳、自由泳；11岁至15岁，师从曾获全国马术场地障碍赛冠军的北京马术队教练哈达学习马术。

——10岁至17岁阅读《基督山伯爵》《三个火枪手》《悲惨世界》《战争与和平》《吉尔伽美什》以及《哈姆雷特》《李尔王》等莎士比亚四大悲剧等；阅读《伊利亚特》《奥德赛》《浮士德》《神曲》西方四大史诗；以及托马斯·艾略特《荒

原》、加缪《西西弗神话》《局外人》在内的现代派作品；略
读《庄子》部分、《道德经》等。

　　——16岁至17岁，创作并在《长江丛刊》发表长诗《奥
西里斯的黎明》；在《北方文学》《名作欣赏》等发表有关史
诗《吉尔伽美什》的论文；在《诗刊》《中华辞赋》《中华诗
词》等发表诗词辞赋作品；获"叶圣陶杯全国中学生新作文
赛初赛一等奖，全国十佳小作家前20名"（截稿于8月20日，
大赛尚在进行中）。

奥
西
里
斯
的
黎
明

爸妈致泰山之巅博约的信

博约：

　　此刻你登上巍巍泰山，迎着东方磅礴而出的旭日和远海吹来的浪浪天风，心中一定激荡着李杜"天门一长啸，万里清风来""会当凌绝顶，一览众山小"这样的伟大诗句，从而勃发欲为社会和国家贡献自己才智的志向。

　　人生就是用生活和事业两条经纬线编织出壮丽图景。就前者，希望你幸福健康；至于后者，则希望你以古今中外的仁人志士为标杆，不畏艰险、不惧风雨，奋勇登攀，成为担当民族社会重任的脊梁和生生不息中华文明的贡献者。

　　做到这一点，你就必须翻越眼前一座山峰，即高考——与天下数千万学子相互砥砺，战胜艰险，通往胜利彼岸。绝不因为风雪而徘徊、绝不因为困难而后退。就像拿破仑率远征军获胜马伦哥战役那样，面对即将翻越的高耸入云的阿尔卑斯雪山说：No Alps. 当你翻过这座山峰、当你在更高的巅峰回首，你会觉得曾经的那座山并不高，曾经的那些艰难不足为道。就像此刻你身在泰山之巅，细悟庄子所说"天下莫大于秋毫之末，而泰山为小"一样。

祝不断进步！

爱你的爸妈

2019.8.28

（注：8月28日，博约学校组织高三班登泰山并于山巅收到父母致函，以资激励高考。）